onze

onze

Frédéric-Yves Jeannet Dominique Sigaud
Eric Laurrent Patrick Bouvet Yves Pagès Olivier Saison
Patrick Cahuzac Tanguy Viel Eric Reinhardt
Antoine Bello Martin Winckler

Bernard Grasset/Les Inrockuptibles
PARIS

Ouvrage édité sous la direction de
Marc Weitzmann et Sylvain Bourmeau
avec Fabrice Gabriel, Bertrand Leclair,
Arnaud Viviant et Sophie Ciaccafava

PRÉFACE

Virginie Despentes, Lorette Nobécourt, Michel Houellebecq, Caroline Lamarche, Eric Faye, Marie NDiaye, Lydie Salvayre, Stéphane Zagdanski, Dominique Meens, Marie Darrieussecq : Dix *auteurs que nous avions décidé de publier ensemble pour témoigner d'un certain renouveau littéraire.*

Deux ans après la parution de ce premier recueil, il nous a semblé urgent de rééditer cette expérience en forme de panorama de la "jeune" littérature française. Après Dix, Onze *donc : toujours un simple chiffre pour souligner la subjectivité de notre choix et tenter, fût-ce vainement, de prévenir toutes lubies d'étiquetage.*

S'il nous est apparu nécessaire d'assembler d'autres écrivains – c'est le principe de ce nouveau recueil de ne reprendre aucun des Dix *auteurs –, c'est qu'il faut continuer le travail d'ouverture entrepris alors et poursuivi dans les colonnes des* Inrockuptibles. *On ne saurait se contenter de contempler les quelques arbres désormais susceptibles de cacher la forêt, ou du moins le bosquet.*

Si Dix *fut pour nous un succès, c'est bien entendu parce qu'il a contribué à* faire connaître *le travail de ces auteurs, mais aussi parce qu'il nous a permis de les* faire se connaître *: des amitiés sont nées, des projets communs ont vu le jour dans un milieu où l'on prend trop vite l'habitude de travailler seul.*

Onze *s'imposait aussi pour dissiper le malentendu qu'a pu provoquer notre soutien à cette "jeune" littérature. Au vu des livres qu'on nous invite souvent à lire d'un "Ça c'est forcément pour vous,* Les Inrocks *", c'est parfois à n'y plus rien comprendre. Sans doute aurait-il fallu davantage critiquer ces mauvais romans lorsque nous avons préféré ouvrir systématiquement nos pages aux quelques autres, ceux que nous avions envie de partager et dont les auteurs se retrouvent dans cet ouvrage. Sans doute aurions-nous dû écrire noir sur blanc qu'un livre ne nous intéresse pas* parce qu'*il traite de sexe, de drogue et de rock'n'roll.*

Avec Onze, *nous avons le sentiment de continuer à défendre des écrivains qui, sachant de quoi ils parlent en fait de réalisme, s'échinent à cultiver la distance et à ne pas confondre la matière même de leur livre avec le livre lui-même.*

Frédéric-Yves Jeannet

L'un des textes les plus ambitieux, et aussi l'un des plus discrets, de la rentrée littéraire 1997 a sans doute été le premier roman de Frédéric-Yves Jeannet, **Cyclone**, *paru aux éditions du Castor Astral, après quelque quinze années d'accouchement difficile. Disciple de Butor, Frédéric-Yves Jeannet (né en 1959) tente dans* Cyclone *d'élucider le mystère du suicide d'un père. Par le biais d'un narrateur apatride, il renoue les fils de sa propre histoire, celle d'une génération en rupture de ban avec son pays. Les pages qui suivent sont extraites d'un livre actuellement en chantier, cette fois autour de la figure maternelle. Frédéric-Yves Jeannet vit et enseigne à New York.*

Brouillons d'océan
(Trois extraits du chantier de *Charité*)

Pour Stéphane Mas

“Il y a, comment dire ?... vous sentez que quelque chose vous entraîne vers le bas, vous aspire. C'est comme un entonnoir...” Encore là, quoi que je fasse, penché dans la nuit sur ce clavier et cette liasse... *“Oui, c'est comme l'orifice réduit du fond d'un entonnoir, ce petit morceau de tuyau où le liquide que vous avez versé dans la partie évasée s'engouffre après avoir ruisselé sur les parois inclinées du cône.”* Il ne reste plus rien, tout est à refaire. Tout reprendre au début, ce commencement fuyant... *“Je me sens aspiré à toute vitesse, et de plus en plus vite, vers le fond. Je suis bientôt emprisonné entre les parois rapprochées du tuyau...”* Comme sans souvenirs désormais, privé de mémoire... Recommencer... *“Est-ce que j'éprouve la sensation de me noyer ? Oui, de couler, mais pas à pic, c'est plutôt un tourbillon... Une descente inexorable, selon une ellipse ou une spirale... Une aspiration centrifuge...”* Ce grand blanc à combattre... Le vide sidéral de l'écran...

“L’impression de perdre pied, oui, mais il ne s’agit pas exactement d’une noyade, car je respire encore... Plutôt un entraînement par cercles concentriques vers le fond, la sensation d’avoir perdu tout équilibre... et de m’éloigner de la surface, où se trouve la lumière solaire... de m’enfoncer dans les eaux profondes, dans ces extrêmes profondeurs de l’océan d’où toute lumière est absente. C’est cet envahissement progressif de l’obscurité qui provoque la montée de l’angoisse, ou plutôt la décuple, car elle est là dès le début.” Ce livre que j’entame, qui m’a hanté depuis toujours, dont j’ai entrepris l’élaboration voici vingt-cinq ans au bord de la Neva et du lac Ladoga, et dont je relis les phrases aujourd’hui face à l’insondable Atlantique, à l’extrême fin d’un siècle épouvantable, il est probable que je n’en viendrai jamais à bout... Autant donc commencer, recommencer ainsi, n’importe où, ici par exemple ; car de l’*incipit* découle, en principe, tout le reste – du moins quant à l’ordre de la lecture, puisque l’on sait bien que, dans celui de l’écriture, ce n’est pas nécessairement selon la chronologie de leur déroulement que se sont écrites toutes et chacune des phrases de ce qu’il est convenu d’appeler un livre. *Ouf !* Me voici enfin sorti, par la grâce de ce travail sur les premières pages (dont j’ai pu croire que je n’en viendrais jamais à bout et qui, quoiqu’elles aient pu me paraître finalement tomber du ciel, sont en fait le produit d’une très longue attente, d’un immense travail de non-écriture – si l’on m’accorde pour l’instant cette formulation), enfin sorti provisoirement d’une phase de dépression, liée sans doute à l’achèvement ou plutôt à l’interruption du travail antérieur et parallèle, qui avait duré vingt-trois ans, et à mon brusque sevrage de tabac et de café, si intense

qu'elle semblait n'avoir ni fond ni fin ; phase d'asthénie qui s'était développée au fil d'une année presque entière, prolongée jusqu'au moment où j'ai entrepris d'assembler ce livre à partir de pages anciennes remontées du fond, et dont le terme avait étrangement coïncidé avec une recrudescence de l'insomnie au cours de laquelle j'ai soudain compris, un matin, qu'il me fallait couper court à l'intrusion de l'idée du suicide, réapparue à mon corps défendant, lorsque les circonstances de cette nouvelle phase aiguë d'absence au monde m'avaient forcé d'envisager à nouveau cette alternative, malgré la répugnance – qui pourtant n'avait rien de moral ni d'éthique – qu'elle m'inspirait, et mon engagement de n'y avoir recours à aucun prix, sauf dans le cas extrême où j'aurais estimé nécessaire, plutôt que d'accepter que l'on pratique sur moi l'euthanasie, d'en finir de ma propre main ; et compris aussi ou plutôt découvert, tard déjà dans ma vie, peut-être même déjà trop tard, la beauté de se réveiller chaque matin, fût-ce à l'aube et tourmenté par l'insomnie, et de voir se lever la lumière recelée comme en un bourgeon ou une chrysalide derrière l'horizon par chaque jour encore en germe, lorsque, pour reprendre la formulation prémonitoire de mon ami Michel Conte (que j'ai souvent désigné de la seule initiale de son prénom : M. – mais pourquoi ne pas écrire son nom entier puisqu'il a publié et assumé une "œuvre" sous son patronyme ?) qui se savait condamné : "Chaque matin qui se lève est un jour entier de *gagné*." Seigneur, aie pitié. Tout ceci (la rédaction des phrases précédentes et de certaines des suivantes) avait lieu avant et pendant la chute de Pol Pot aux mains de ses anciens collaborateurs, avant l'US Open de Flushing Meadow et l'accident fatal de la princesse Diana ; c'était donc à la fin du XXe siècle, dont nous avions hâte qu'il finisse, alors que ce livre paraîtra sans doute à l'orée du suivant, lorsque tout cela se sera éloigné dans un passé presque mythique. J'assistais dans une sorte de brouillard à ces événements du monde extérieur, avec lequel je n'avais pas perdu totalement contact puisque je me souviens des faits jusque dans leurs moindres détails. Quoiqu'il n'existe aucun lien apparent de cause à effet entre ces événements et mon état, ils me servent de points de repère, car dans mon for intérieur je ne participais guère, à l'époque dont je parle, au mouvement de la Terre que dans sa rotation la plus mécanique et me contentais de l'observer en me laissant emporter dans ce mouvement de révolution effrénée. Aie pitié ! *"Comment cela se passe-t-il ? Quelques fois, sans raison apparente, je veux dire sans que je puisse isoler une cause unique parmi l'éventail des raisons possibles, je sens ce remous de plus en plus fort autour de moi, et qui m'aspire vers le bas."* Vous avez déjà vécu – mais peut-être était-ce dans une autre vie – et vous pouvez donc décrire sans trop de crainte de vous tromper cette sensation de sortir du brouillard, de l'irréalité, et qu'il a fallu pour cela, pour revenir à la santé, à la surface, traverser un écran de coton ou de feutre, un sas ou coussin d'air. *"Suis-je en mesure de déterminer la provenance de ce remous ? Si je parlais d'un remous, c'était pour définir la crise elle-même, ou plutôt cette sorte d'entraînement, de vertige dont je vous ai parlé, dans lequel je me trouve pris ou emporté au cours de chaque crise."* Une barrière est enfin tombée, les pensées molles ont changé de sens, de polarité, une épreuve de plus est surmontée, un gage donné : la liste est longue des preuves à fournir pour avoir le simple droit de revenir du monde d'en bas, l'autre, celui de la folie et de la perte, et simplement vivre debout. *"Quant à l'origine, c'est une sorte d'orage, qui semble venir de loin ; c'est du moins ce que je sens une fois qu'il est sur moi, qu'il m'encercle et m'emporte, cette impression d'une provenance lointaine...* " Seigneur ! Je suis enfermé dans la même chambre – ou dans une autre qui semble être la même, car je reproduis partout, dans tous les appartements de passage, la cellule de ma prison. Au secours ! à moi ! Venez à ma rescousse, Cyrus Smith ! Je suis reclus, comme vous l'avez été jadis sur l'île Lincoln, dans cette chambre ouverte sur l'East River, à quelques encablures de Manhattan. Souvent, les mouettes remontent le bras de mer pour venir se poser par bandes sur le terrain de football de l'île, en face de ma fenêtre. Aie pitié, Seigneur ! *"Sans doute faut-il que soient réunis plusieurs facteurs. Avant la crise, il m'est en général impossible de prévoir quand elle va se produire, ni comment. Et pourtant l'orage s'amasse, se prépare dans ce que j'appelle, à défaut d'un terme plus précis, "le lointain". Est-ce le passé, l'enfance, l'un des lieux de mon exil ? Je ne crois pas qu'il s'agisse d'un point localisable de l'espace ni du temps. C'est délocalisé, une sorte de* lointain intérieur, *dirait Michaux.* " Simplement vivre debout. Il faut traverser pour cela le désert, l'écran de feutre du réel jusqu'au *déclic* inespéré qui te signale soudain que tu as franchi en sens inverse les portes de l'enfer, que tu es revenu de ce côté-ci, avant la traversée du miroir – le savais-tu ? *"L'orage se prépare et s'accumule donc au loin, puis il fond sur moi, il éclate et m'entraîne... Mais ça peut prendre des formes différentes. C'est chaque fois imprévu, si j'ose dire, alors même que cela s'est produit assez souvent dans ma vie, une demi-douzaine de fois depuis vingt ans, depuis mon entrée dans l'âge adulte. "* D'avoir passé tant d'années hors du monde, enfermé dans le travail de l'écriture en fumant jusqu'à la douleur, m'avait-il rendu celui-là désormais inhabitable ? Tisser un texte comme une ample toile d'araignée, un texte pour y vivre, ou à tout le moins qui aide à survivre, ne fût-ce que pendant la durée de son tissage ; tisser phrase après phrase, entre les lieux déchirés où la vie se déroule, dans l'effroyable effrènement que devient la vie lorsqu'on dépasse un point intangible de l'âge adulte, dans l'écartèlement des climats, la dislocation des repères et paysages hantés par l'exilé ; tisser phrase après phrase, malgré les multiples difficultés qui ne manquent jamais d'y surgir, un texte qui serait comme une toison dont l'auteur pourrait se revêtir afin de se protéger du malheur ; tel est le seul but, demeuré longtemps informulable mais inlassablement poursuivi par celui qui se penche en cet instant vers le hublot de l'avion dont s'est amorcée la descente vers la nouvelle York où il doit s'installer d'ici quelques jours. Cet homme dont le profil hirsute se détache un instant sur l'ovale de lumière incandescente que le soleil au-dessus des nuages découpe dans la rangée d'ouvertures identiques qui scandent sur toute sa longueur la cabine du Boeing ; cet homme dont nous ne savons rien, à ce point du texte encore embryonnaire qui prend essor sous nos yeux ; cet homme qui sera, sinon le "héros" – car les héros sont morts –, du moins l'habitant, l'occupant principal des pages qui vont suivre ; cet homme que j'appelle ici Jacob Orfeo n'est sans doute que moi, un moi transformé, qui parfois lévite, mais moi malgré tout, un avatar de moi. Les conventions narratives, celles surtout de la pudeur et de la bienséance, voudraient que ce texte soit écrit continûment à la troisième personne. Je ne puis cependant m'y résoudre, pour un certain nombre de raisons que j'ai l'espoir de parvenir à énoncer au fil de ces pages. Oui, c'est ainsi qu'il faut recommencer, presque au hasard. Gloire à Dieu au plus haut des cieux. Je dois prendre ce risque, parce qu'il y a dans ce livre que depuis l'enfance je souhaite écrire quelque chose qui bat encore, qui frappe et qui tremble. En m'astreignant aujourd'hui à élever les échafaudages d'un autre livre, le même pourtant, dont le titre n'est pas encore fixé (quoique tournent dans ma tête les mots *infiniment, mensonge, remords, piéton*), je réalise *le seul travail possible* pour surmonter le vide qui m'envahit. *Incipit lamentatio.*

*

Mes pas, l'un devant l'autre, me donnent le sentiment d'appartenir – à quoi, je ne puis le savoir encore. La marche s'infuse en moi et me guide. Je travaille sans hâte à ce livre de toute façon impubliable pour l'instant, comme Leiris à son *Journal* : "livre qui ne serait ni journal intime ni œuvre en forme, ni récit autobiographique ni œuvre d'imagination, conçu de manière à pouvoir constituer un tout autonome à quelque moment que (par la mort, s'entend) il soit interrompu. Livre, donc, délibérément établi comme œuvre éventuellement posthume et perpétuel *work in progress.*" Il en est ainsi de ce texte que seul un accident, au moment où j'écris ces lignes, me contraindrait à publier. Je travaille à nouveau avec lenteur, depuis mon arrivée à New York, sur ce texte ancien, tournant comme autrefois et comme toujours autour d'un centre vide, comme le capitaine Hatteras autour du pôle. Je marche et j'appartiens. Je suis charrié comme des millions d'hommes dans ces énormes mouvements de migration, de transhumance, tissés sur la planète – ces "migrations plus énormes que les anciennes invasions" qui caractérisent notre âge de métissage. Cette installation à New York, que pourtant j'avais souhaitée, fut un nouveau déchirement. L'année précédente, deux ans avant la mort de Diana, alors qu'étaient déjà en cours les tractations liées à son divorce, j'étais si profondément enraciné au Mexique que je n'imaginais plus de pouvoir vivre ailleurs désormais. Depuis mon retour de Suède quatre ans auparavant, je n'avais quitté le pays que pour de brefs séjours en Europe, en Amérique du Nord et en Asie. Comme toujours, d'autres textes et lambeaux de ma vie passée remontent du fond de l'étang et viennent ici se mêler à ceux que j'accumule dans mon carnet. Ils affleurent peu à peu comme d'infâmes nénuphars sous les fleurs aquatiques que j'essayais de peindre. Je marche seul dans cette campagne lente et mes pas, l'un devant l'autre, me donnent le sentiment d'appartenir. C'est ainsi donc, dans ce désordre imposé par ma vie errante, renonçant à jamais à toute unité de lieu qui en aurait formé le ciment, qu'il me faut procéder, récrivant à New York ce livre que je croyais avoir finalement achevé à Cuernavaca, à mon retour de Suède, il y a cinq ans. Le sentiment d'appartenir – à quoi, je ne puis le savoir encore. C'est pourtant le même livre, toujours, sous des titres et avatars différents, qui se tisse dans ce rets de mes phrases. Tout cela revient dans le plus grand désordre. Je suis simultanément dans plusieurs époques. *A 15 heures, nous voici dans la région des Grands Lacs. A perte de vue on aperçoit l'eau boueuse de cette petite mer qui, dans quelques mois, sera réduite à un mince filet d'eau. La saison des pluies étant terminée, les eaux vont baisser, et bientôt ce ne sera que vase et marais. Enfin, après plusieurs heures de marche, nous apercevons le mont Crom (en indigène "montagne renversée" parce qu'elle n'a pas de végétation, ce qui est tout à fait exceptionnel dans ce pays). Nous débarquons, à la tombée de la nuit, de notre grand bateau, sur des chalands, et nous marchons plus d'une heure, remontant la rivière de Siem Reap, ou coupant à travers la forêt inondée. C'était très drôle, ces sampans à travers des arbres dans l'eau jusqu'aux branches. Lentement bercés, on avait l'impression d'être dans un pays de rêve, d'être dans une gondole, à travers des mers inanimées. Nos bateliers chantent un air traînant, au rythme de ce pays, et s'excitent à l'aviron. Enfin nous touchons à la terre et des camions nous emportent vers Angkor. Il fait nuit noire quand nous arrivons à l'hôtel, spacieux, tout récemment construit, et nous pouvons goûter un bon repos. Nous sommes au milieu des ruines, sans les apercevoir.* Tout cela revient dans le plus grand désordre. Les souvenirs qui constituent la trame douloureuse de ce rets sont, par nature, désordonnés. Et c'est ainsi que je dois les laisser affleurer, revenir peu à peu, dans cette entreprise qui durera sans doute longtemps – près d'un an s'est déjà écoulé depuis la première page – car si je tentais d'y mettre un ordre, de retrouver une chronologie dans ces souvenirs, j'assécherais du même coup la source de la purulence, et il ne resterait rien qu'un abcès enfoui, inatteignable sous la chair, ou, pour choisir une métaphore plus exacte, une tumeur maligne. Je suis charrié comme des millions d'hommes dans ces énormes mouvements de migration, de transhumance, tissés sur la planète. Je traverse dans ce manuscrit désaffecté, comme dans cette ville où je suis revenu, des zones sinistrées que je n'avais jamais osé revoir ; il faut pourtant y parvenir, restaurer tout cela pour retrouver la mémoire enfouie d'avant l'hiver, le souvenir défait du printemps confondu à l'été permanent sur les hauts plateaux, les plaines et les plages, les côtes incandescentes battues par l'océan, et la vallée sous les volcans où je regagnerai un jour mon gîte définitif. *"Comme ces millions d'hommes qui cherchent encore leur maison sur la terre, je suis réfugié politique et même économique... Persécuté par le poids des souvenirs... Interdit de séjour, refoulé aux frontières, débouté du droit d'asile... Evincé par sa mort de la maison du père, puis de la demeure maternelle... Evincé, oui, par un insoluble et très ancien différend entre Jocaste et moi... Une sorte d'incompatibilité, depuis plus de vingt ans... Et depuis lors je cherche ma maison..."* Ecarter tous les ressorts du romanesque, rompre la trame, aller toujours dans le sens d'un éloignement de l'anecdote... Carburant de l'infini ou kérosène de l'âme. Ce corps perdu entre les continents ne peut plus rien contre l'assaut des vagues. La lumière qui restait, le peu qui demeurait est mort par la fenêtre devant moi. Je tamise aujourd'hui de nouveaux extraits du même livre. Travail de prospecteur dans la solitude gelée d'une Sibérie, labeur de laborantin, spéléologue, archéologue, mineur ou alchimiste voué à réaliser dans l'obscurité du secret la transmutation des minerais qu'il rapporte du fond... Ouvrir l'œil dans l'éclair dompté de l'amande avec la patience du chasseur de lumière, à la fulguration du soleil à minuit. Est-ce là ce que je cherche à dire ? Je suis redevenu apatride. Dépossédé de toute langue et de toute patrie. C'est de cela que je parle dans tout ce que j'écris, même lorsque je parle apparemment d'autre chose, comme de souvenirs écrans qui m'interdisent de voir ; c'est là ce que je cherche à dire à travers toutes mes phrases électrocutées, et c'est de là sans doute que provient leur forme fragmentaire, là que se constituent leurs agglomérats insulaires. Ecrire aussi sur l'absence de lumière. Lorsque je brûle au bord de l'eau où je reviens toujours me perdre – car je brûle tout entier d'océan conjugué au reflux du désastre –, lorsque au bout de l'errance rien d'autre ne vaut qu'être là, attentif au moindre souffle d'air, au moindre bruissement d'haleine dans la gorge où remonte l'écho ancien, lorsque les mots ainsi s'enchaînent, est-il vain de revenir creuser un passage contre la falaise, puis, rejeté à la grève, reprendre la quête de ce qu'une vie entière ne parviendrait pas à saisir ? La lumière qui restait, le peu qui demeurait. La fulguration du soleil à minuit, dans la Laponie à l'embrasure des frontières, vers le Grand Nord où l'oiseau poursuivi par la flèche du temps s'immobilise en plein vol et prépare sa migration d'hiver, son long retour vers la cible du seul pays possible désormais… Aller toujours dans le sens d'un éloignement du récit, de l'anecdote, désormais, quoique cette voie soit certes la plus rude. Poursuivre sur ce chemin escarpé l'ascension sans au-delà ni partage le long de cette spirale qui me conduit, depuis si longtemps, à n'écrire que des amorces, des commencements de récits, sans jamais trouver la force de croire jusqu'au bout à ces fictions dérisoires. Une lumière plus constante, une lumière où vivre. Car tant de fois déjà les vagues m'ont sauvé, mais aujourd'hui elles ne peuvent plus rien et je m'enfonce et m'enfuis hors d'haleine. J'ai navigué éperdument dans la même nuit qui jamais ne coïncide avec la tienne, à l'autre bout de la corde qui nous relie encore, puisque les heures que nous vivons ni les mots qui remontent ne sont les nôtres, ceux que je cherche à dire dans le même désert depuis si longtemps, et seul le fait de n'y parvenir jamais me porte à nouveau vers le large... Ecrire sur l'été permanent de mon pays sans saisons. Est-ce là ce que je cherche à dire ? Ce long retour d'exil vers la cible du seul pays possible désormais, ô voix et frémissement des anges dans la douleur de la terre là-bas ! Si nous sommes condamnés à la distance, alors que tu as ouvert les yeux à l'emplacement exact où je suis né, trente-deux ans et des poussières avant toi, sache qu'il existe, Aurélia, un pays où les volcans se voilent parfois d'un envol de colibris, à l'extrémité de l'errance, là où rien d'autre ne vaut qu'être là, attentif au moindre souffle d'air, au moindre brisement d'haleine dans la gorge. Car seul le fait de n'y parvenir jamais me porte à nouveau vers le large. Je n'ai plus peur du lyrisme. Rejeté sur la rive du même continent, réfugié à jamais dans mes Amériques, incapable de les quitter désormais, je sais pourtant qu'il me faudra repartir en exil de mon pays sans saisons dans de longues errances centrifuges jusqu'à l'exil de toute langue et de toute patrie. Car le destin de mon peuple est d'être ainsi dispersé dans la diaspora. *"And ever and anon, throughout his future life and agony, constreineth him to travel from land to land."* Sous les mots prononcés dans ma nuit d'insomnie ne germe aucune parole dicible. Seul le cri du regard perdu dans le miroir, comme un son longuement tenu vainement, au diapason du coq traversant l'aube et vibrant ! Est-il vain de revenir creuser un passage ? J'habite aujourd'hui, au printemps 1992, dans la vingt-huitième maison de ma vie. C'est une grande bâtisse ocre jaune, sur une hauteur de l'île de Stora Essingen, non loin du centre de Stockholm, entourée d'arbres qui constituent autour d'elle dès cette saison un rideau hermétique aux regards extérieurs. Mais par la fenêtre, en face de la table où j'écris, on voit distinctement à travers les branches couvertes de jeunes pousses le bras de mer qui coule en direction de Drottningholm, sur lequel passent à intervalles réguliers des sortes de vaporettos ou bateaux-mouches. Sache qu'il existe un pays où les volcans se voilent parfois d'un envol de colibris au-dessus des bougainvillées, un pays sans neige ni cerises ni saisons où les volcans noirs et les goyaves écarquillent la chair du palais et les prunelles, sache que ce pays existe où les anges s'arrêtent interdits, où l'on t'aime sans te connaître, entre le tropique du Cancer et la constellation du Cygne. Quelle chance insigne a celle qui commence le voyage pour qui a dépassé la moitié du parcours. Que de paysages et d'étés à traverser, que de bourgeons, d'épines et de fruits, d'océans d'amour à goûter. Bienvenue à bord de l'aube têtue, Aurélia, sur ce bateau d'un corps qui vogue obstinément en quête du paradis. Remontent aujourd'hui du fond de l'océan ces fragments écrits lors de la naissance, il y a sept ans, de la fille aînée de mon frère Denis. La *selva* couvre la Sierra Madre entre Oaxaca et Puerto Angel, sur toute la longue descente et plongée du haut plateau de San José del Pacífico vers les rivages du grand océan. La forêt ne s'éclaircit qu'à quelques kilomètres de la côte. On se trouve alors face à l'étendue liquide comme à une phrase interrompue et soudain renouée, dans un vieux manuscrit où on la retrouve des années plus tard sous les épaisseurs lâches du temps effiloché. *Mon père et ma mère, dans l'enfance, je parle d'eux et de tout ceci comme si j'y étais, comme si c'était jadis et là-bas. Il n'y a peut-être là aucune réalité. Il se peut que la mémoire ait tout transformé. Car on ne peut pas dire : ceci est la réalité comme ceci est mon corps, on ne peut que l'écrire, ce que l'on croit être ou avoir été, et c'est ce qu'on fait. Ne me cherchez donc pas de poux dans la tête, vous fantômes et revenants, ce n'est pas de vous vivants aujourd'hui que je parle, c'est de l'image de vous, du père et de la mère, qui n'existe que dans ma mémoire, car elle n'existe plus, cette image, même si certains d'entre vous, acteurs de cette histoire, lui survivez pour moitié, comme moi-même je survis à cette mémoire. Je ne suis plus aujourd'hui celle-là, celle qui souffrait. J'ai absorbé ma souffrance, m'en suis nourrie. Je garde désormais le silence, devenue sa gardienne. Des années je n'ai fait que cela : garder le silence, de peur qu'il ne s'effarouche et ne s'envole, transformé en murmure d'ailes puis en bruit, en piaillements, en petits cris qui s'ébruitent et se perdent dans le ciel des mots et des proférations.* J'écris la voix de Jocaste sur un coin de table face au ström, devant la ville entière noyée dans un lait de brouillard dont la gluance me ramène à celle de l'hiver londonien, me fait franchir les années à l'envers jusqu'à cette seconde enfance. J'y retrouve les maisons de Lyveden Road, Tooting, Highgate et Charleville Road à West Kensington, tous les gîtes enfouis de mon errance célibataire. Je cherche par la fenêtre, au-delà de la grande ville parée de tout l'orient du Nord, l'étroit chenal entre les milliers d'îlots de l'archipel, les bras de mer pris en glace et la marée de nuit, vers les bords de la Baltique et du golfe de Botnie. Sur ce radeau d'un livre, cet esquif un peu grêle et gauche, si je parviens à traverser l'atrophie de l'hiver à son bord, peut-être rejoindrai-je un jour les côtes de mon pays perdu pour me mêler aux gens qui marchent sur le port et dans les rues de Chetumal, face au bleu fulgurant des Caraïbes. Je me laisserai porter alors au rythme de leur pas dansé sur un air perpétuel de musique afro-antillaise dans le bien-être de la marée jusqu'à m'y fondre. Au milieu des îles et des îlots de l'archipel extérieur, j'ai revécu dans ses moindres détails une ancienne traversée entre le continent américain et Victoria : en décembre 1979 j'étais allé voir mon amie Jennifer Walters dans cette petite ville du Pacifique, sur Vancouver Island. Sur l'île de Grinda où nous installons notre campement, Mathieu et moi, douze ans plus tard, je suis réveillé par le froid et sors de la tente marcher quelque peu vers l'intérieur de l'île. Au détour d'un sentier je me suis arrêté, certes saisi par cette vision du soleil qui sombre au fond d'un fjord bleu-violet, surnaturel, mais surtout par le fait que ce fût le crépuscule, car sous l'effet d'un perpétuel *jet lag* que je traîne de pays en pays, je pensais voir l'aurore, croyant avoir dormi une nuit entière sous la tente ; or l'insomnie tenace m'avait réveillé quelques instants seulement après que je m'étais endormi. Je voudrais écrire sur la lumière si particulière de la Suède. Sur l'excès de lumière au Midsommar. Plus tard, il me faudra bien sûr écrire aussi sur l'absence de lumière, lorsque le soleil ne s'élève qu'à peine sur la terre et les bras de mer gelés. Ajouter quelques lignes encore à ce tissu de lambeaux rapiécés, aux remous anciens de ce manuscrit déjà constitué, quelques lignes sur la lumière du Midsommar et l'absence de lumière en hiver – absence autrement insurmontable, autrement difficile à décrire par conséquent. Ecrire sur l'été permanent de mon pays sans saisons lorsque ce sera ici l'hiver, pour parvenir à traverser cette saison sombre. Ecrire au jour le jour sur l'hiver et l'été confondus dans ma mémoire infirme. L'excès et l'absence de lumière : il y a là pour moi un problème d'existence, car c'est dans la lumière solaire que je puise littéralement goutte à goutte la force de survivre, et seule sans doute me maintiendra en vie la certitude qu'il existe ailleurs, dans mon pays lointain, une lumière plus constante, une lumière où vivre. Où retourner vivre ou mourir. Pour ne pas mourir dans cette lumière mourante. Juif errant comme Jacob Orfeo, éternel réfugié ou demandeur d'asile, immigré partout où je séjourne sauf en mon lointain pays adoptif, j'ai pour seul viatique cette harassante sensation contradictoire d'appartenance et de déracinement, d'exil et de possession du monde, sensation plurielle qui me constitue, et constitue mon ghetto. J'allume une cigarette en regardant la mer qui incendie les images, l'océan où le soleil grésille et s'enfonce, et me demande comment faire rendre gorge aux mots après cinq ans d'absence de toute parole. C'est toujours la mer qui aspire le souvenir au fond d'un entonnoir et le fait ruisseler de l'Atlantique au Pacifique, *from Sea to shining Sea*, c'est l'océan toujours comme à Salina Cruz dans la baie de Tangolunda à Huatulco qui jointoie ou cimente toutes les nuits en une seule nuit. Que faire pour que cet instant dure ? Je ne dispose d'aucun pouvoir pour saisir ce morceau d'insomnie dans le filet du temps où je suis pris, les convulsions du temps d'insomnie. La crispation des secondes au cadran de l'horloge a arrêté l'image sur cet instant que j'attendais sans oser croire qu'il advienne jamais, que reviennent les mots même malhabiles, insuffisants ou trop précis, entretissés en vagues comme les rouleaux d'écume sur cette plage au bout du monde, au point extrême de la course, dans la mécanique des fluides de la mer océane qui emporte et lave tout dans le plain de son eau, là où les mots ne servent à rien qu'à cadencer l'angoisse et compasser la nuit, c'est la mer qui unit les souvenirs épars et les fait circuler de Puerto Vallarta à Huatulco depuis que nos errances se confondent en une seule et très lente, de Porspoder et Saint-Guénolé à Zihuatanejo ou Salina Cruz j'ai poursuivi le souvenir de l'eau saline où nos corps se couvriraient d'embruns, c'est l'océan retrouvé au détour de la route, intact depuis toujours dans les replis de mémoire, comme on l'avait laissé. *Gran nume, che voli sull'ale dei venti, che il folgor sprigioni dai nembi frementi, disperdi, distruggi d'Assiria le schiere, di David la figlia ritorna al gioir !* J'explore mes agendas. Je me suis replongé dans les manuscrits noirs de ma vie antérieure pour y retrouver cette enfance, cette sorte de succédané d'une enfance inaccomplie qui demeure là, enterrée dans les pages noires de la ville noire. Pourquoi ai-je depuis si longtemps acquis l'intime conviction que la seule clé de la quiétude est enfermée, peut-être, dans les liasses de feuilles noires habituellement stockées dans une malle, que j'ai accumulées aujourd'hui devant moi sur la table de travail ? *L'angoisse et l'horreur désormais des voyages, des déménagements surtout, de tous les déplacements utilitaires entre mon port de base et d'autres lieux balisés où je redoute pourtant de m'aventurer : c'est chaque fois la peur au ventre que je quitte l'un de mes lieux, avec le sentiment que peut-être je n'y reviendrai plus. Comment l'émotion, la joie ancienne des départs "dans l'affection et le bruit neuf", lorsque je quittais à vingt ans l'Algérie pour la France, s'est-elle transformée en angoisse du déplacement, de la perte ou plutôt de la déperdition que constitue tout voyage ? Est-ce un effet du mûrissement, de l'habitude ?* Bosniens, Yougoslaves, Albanais, Polonais, Russes, Portoricains, Costaricains, Sénégalais, Haïtiens, Chinois, Thaïlandais et Malais, Pakistanais, Iraniens, Afro-Américains dans les rues de Manhattan, de Harlem ou du Bronx, de Queens et de Brooklyn. La marée des langues, l'arc-en-ciel des peaux, toutes les formes et couleurs d'yeux. Intact depuis toujours dans les replis de mémoire, comme on l'avait laissé, c'est l'océan retrouvé au détour de la route qui indique le seul chemin possible pour ces pages et la main qui les trace. *Peccammo ! Ma in cielo le nostre preghiere ottengan pietade, perdono al fallir !* Je prends ces notes aveuglé par l'éclat du soleil liquide sur l'océan ce matin pour que dure cet instant que nous ne saurions capter, malgré tous nos efforts, car la source s'est tarie, la parole n'est plus qu'un murmure que l'on entend à peine et mon silence n'a pas de fin, annulant toute parole, les mêmes mots tournoient encore dans ma tête et dans nos mains, rien n'en filtre sur le papier depuis cinq ans et les *toros bravos* l'autre soir au café Jorongo m'ont ramené en arrière dans une autre baie vers le septentrion de ce même océan qui relie les lambeaux revêches de mon errance confondue à la tienne depuis déjà si longtemps, faisant front face au vide, aux aléas du monde, grâce aux océans, seuls paysages habitables aux rives desquels nous accrochons nos mots quand rien ne nous retient à la vie, quand les amis anciens se sont absentés, rien si ce n'est la mer toujours pour s'accrocher à ses images comme aux rouleaux d'écume qui nous emportent dans le temps fracassé. De ces années qui ont suivi mon retour dans le pays sans saisons surgissent et s'amalgament, télescopés, agglomérés, les souvenirs déjà figés dans un spasme de jeunesse dont il ne reste rien que le relief, car leur texture précise a disparu sous la routine et le bien-être qui ont suivi pour moi mon arrachement et mon nouveau départ, définitif cette fois, loin du continent noir et de la ville noire où jamais désormais je ne retournerais.

*

Je ne m'étais plus intéressé au football depuis mon enfance. Il m'était arrivé alors, dans cette enfance désormais inatteignable, vers l'âge de dix ou douze ans, de jouer comme arrière dans des matches improvisés à la sortie de l'école, sur un terrain de fortune aménagé derrière les immeubles où nous vivions. Déjà entré depuis longtemps dans la vie adulte, tout est revenu au fil d'un été pluvieux. Sans d'abord comprendre pourquoi, je me suis soudain passionné, en huitièmes de finale de la Coupe du monde, pour le cours imprévisible que prenaient les affrontements et me suis abandonné à ce spectacle ; j'ai suivi tous les matches devant mon poste de télévision. Comme pour marquer cet abandon à la passivité, je me suis laissé pousser la barbe. En quelques jours, on m'a donné dix ans de plus. La sensation d'une inconnue dans ma vie s'est précisée lorsque je regardais la finale, dont les protagonistes étaient deux équipes incarnant à mes yeux l'ancien et le nouveau monde. J'ai songé alors qu'un écrivain que j'admirais suivait sans doute au même moment, quelque part sur la planète – peut-être même était-il sur les gradins du stade ? –, la transmission de ce match, et ce sentiment singulier d'une communauté implicite participant à l'enjeu de cette rencontre m'a soudain ému. Je n'avais pourtant jamais éprouvé qu'une constante et totale indifférence lorsque je voyais s'agiter sur un terrain rectangulaire de gazon fraîchement tondu deux équipes de joueurs en shorts et maillots de couleurs différentes, lancés dans un affrontement dont l'enjeu, tout bien pesé, semble dérisoire à côté du sort du monde – mais n'est-ce pas aussi le cas de la partie qui se joue devant moi entre le clavier et l'écran de cette machine, quelque part dans les circuits du logiciel qui procède au traitement de ce texte ? Depuis des années déjà je n'écrivais plus, les mots me faisaient obstinément défaut. Je vivais l'un après l'autre des événements dont je ne savais pas me défendre : la mort de Frantz, l'absence de mon fils, l'exil, le football. Au cours de cette saison des pluies, je me suis mis à écrire des lettres qui ne s'adressaient à personne. Elles se sont entassées sur la table du bungalow sous les volcans. A travers toutes ces pages en ruines, j'édifiais à mon insu un frêle tombeau à la mémoire de Frantz. J'écoute à présent le *Stabat Mater* et les *Litanies à la Vierge Marie* de Szymanowski, puis le troisième *Concerto* de Rachmaninov interprété par Horowitz en 1951, avec le sentiment d'entendre là l'infinie charité, l'exaucement des élans de l'âme charriée et tirée bon gré mal gré vers la lumière à travers les plus hautes épreuves, en dépit d'elles. L'exil, la mort de Frantz et l'absence de mon fils Mathieu ont ravivé bien des tourmentes de ma vie antérieure, mais le retour vers l'écriture que ces notes sans destinataire semblaient annoncer est demeuré lettre morte tout au long de l'été et de l'automne. Les feuillets se sont entassés sur la table. Au cours de l'hiver, j'ai su qu'il me faudrait écrire encore sur cette histoire dans laquelle j'étais pris comme un insecte dans sa toile. Ecrire quelques pages encore à propos de ces régions obscures où l'on se laisse entraîner par incurie, par défaillance, dans une perte d'équilibre ou de contrôle... Est-ce pour chercher une *consolation* que je me tourne à nouveau vers cette épreuve d'écrire ? Est-ce qu'un *réconfort* peut être puisé dans la ténèbre, dans ces zones d'étranglement ? Ayant épuisé dans ma vie les autres moyens disponibles, après les avoir envisagés un à un, j'ai recouru à l'écriture en dernière instance, comme on invoque la grâce. Recopiant aujourd'hui ce fragment dans un ancien manuscrit intitulé *Embarquement immédiat*, que j'ai dû déconstruire d'un bout à l'autre, ligne après ligne, pour y puiser certains des éléments constitutifs de ce nouveau texte, j'éprouve la même sensation de *dernier recours* qu'au moment déjà lointain et à demi effacé où je l'écrivais. Comment échapper en effet autrement que par cet artifice de l'écriture à l'état d'abattement qui m'habite depuis que j'ai décidé et provisoirement réussi, contre tout espoir, à m'arrêter de fumer ? Cet immense vide, cette sensation que rien n'a plus de sens ni ne me permettra désormais de sortir de ce puits, je les connais trop bien. A cela s'ajoute l'incapacité, qui m'épouvante, à me concentrer fût-ce quelques minutes sur quelque activité que ce soit, car depuis vingt ans j'ai toujours associé travail et tabac, au point qu'il m'était impossible de faire un cours, de prendre la parole ou d'affronter une page blanche sans allumer une cigarette et que j'ai même songé intituler ce livre ainsi : *Tabac*. Une nuit antérieure de cette année-là (celle de la Coupe du monde et de la naissance de mon fils Juan Angel), j'avais été réveillé de la somnolence veloutée de ma fièvre par une douleur soudaine. J'ai parcouru alors cette liasse de feuilles usées, rescapées du feu lorsque toutes les autres y sont passées. J'ai voulu brûler tout le contenu de cette malle lors de mon installation en ce refuge – le dernier refuge, peut-être. Puis j'ai renoncé même à cela, à l'effort de tout détruire. J'ai abandonné à leur sort ces brouillons d'océan. Et une nuit de l'été 88, tout est remonté dans une sorte de marée. L'analgésique puissant, par voie intraveineuse, a jeté en moi son voile cotonneux. Cet état de vide entre deux eaux, que j'ai reconnu aussitôt, a dû provoquer la brume, la nébuleuse de signes où je flottais en essayant d'écrire pour retrouver les images. Je m'enfonce dans cette marée de phrases. Les squelettes se poursuivent dans la vitrine de la boulangerie, pour vanter le pain des morts. Tourné vers moi, l'un d'eux dit en riant : *"Como me veo te ví, y como me ves te verás."* Les poignets liés par l'effroi de ta disparition, je me suis immergé sans écrire dans les eaux de cet ancien livre. Je me blottis entre les pages, et j'effroi. Oui : *j'effroi*, ne corrigez "ni trop du sourcil ni du crayon" – je cite de mémoire, les guillemets sont donc superflus : c'est presque de mon cru. Etalée devant moi, c'est ma vie en lambeaux qui se déroule et prolifère dans les boyaux obscurs de la mémoire. Tous ces instants mis bout à bout ne constituent pourtant aucune histoire. Seul le déchiffrage obstiné de ces traces peut donner un sens à ma recherche. Les raccords et sutures de tous ces textes, que j'avais tenté de rendre invisibles, ne sont que trop évidents et me procurent chaque fois que je m'y penche un vertige froid. Tout remonte ce soir dans un écœurement. L'enfance se met à tourner autour d'un centre absent. Quel centre ? Donnez-moi la direction du *zócalo,* s'il vous plaît. J'erre depuis des lunes à sa recherche, sur un autre continent. *Deh ! l'empio non gridi con baldo blasfema : "Il Dio d'Israello si cela per tema ?"* J'ai peint sur un ciel de nuit noire une pleine lune en acryliques rosacés, à demi cachée par un vol d'oiseaux en triangle. J'ai ensuite réordonné plusieurs fois cette page sur l'écran et le papier, immergé dans un large fleuve d'eaux ardentes. *Non far che I Tuoi figli divengano preda d'un folle che sprezza l'eterno poter !* Le chauffeur chantonne une berceuse qui l'endort au premier chef. Jaz a froid, se roule en boule sur la banquette arrière. Jacob lui lit quelques pages d'élucubrations parfaitement soporifiques dont l'effet combiné à celui de la berceuse ne tarde pas à provoquer les ronflements sourds du petit frère. Le seul point de départ avait été cette extrême tension, cette urgence provoquant le risque constant d'une déchirure dans ce tissu d'activités patiemment constitué de jour en jour… *Non far che sul trono davidico sieda fra gl'idoli stolti l'arriro stranier !* Après la Coupe du monde et la saison des pluies, je m'étais mis à écrire à mon fils aussi de longues lettres que je n'envoyais jamais. Je commence comme cela, au bord du vide des mots, au bord des vagues de phrases. Les brouillons noirs infiniment répètent cela : je commence, je recommence. Seule la mort peut mettre un terme à ce voyage. Cette fois-ci, pourtant, il faut en finir, gagner la mort de vitesse. J'écrivais ces lettres comme pour moi-même, et c'est ainsi que, peu à peu, lettres et livre se sont confondus. Je me suis trouvé engagé à nouveau, à mon insu, dans le long et lourd labeur de l'écriture. J'ai poursuivi mon errance à travers les lambeaux de cette histoire. Dans l'extrême solitude, là où il n'y a plus de présence humaine à des kilomètres, des siècles de terre battue à la ronde, c'est là que je peins, c'est de là, de cette *expérience,* comme on dit, que ça provient. 1987. Des mois, des années durant on laisse le temps glisser, dont il ne reste rien dans le tamis de l'écriture que certaines couleurs, des bribes de voix, cris d'oiseaux, visages entrevus, ciels de nuages qui parfois s'entrouvrent, instants de soleil ; de tout cela, rien ne peut être dit. Ainsi s'écoule la vie dans cette région d'Europe où je suis reclus, dans la seule attente de la quitter, de ne plus y revenir. Et c'est alors que je peins, quand il n'y a plus de mots, *navire affourché entre l'instant vécu et son abolition.* "Il s'agit peut-être, me suis-je dit en regardant cette liasse empilée, le jour de mon installation en ce nouveau repaire, d'une vie absente – ou du moins inaccessible. Enchevêtrement de paysages non vus, et cependant immergés dans la mémoire, qui provoquent, à vide, le déroulement de l'écheveau du vertige. Rien, alors, ne conserve de sens dans cette perdition que l'on éprouve – navire affourché entre l'instant vécu et son abolition – à ne plus savoir où vont les pas, où se dirige la main qui trace les phrases en réseau régulier sur les pages des cahiers, le rouleau des machines à écrire…" En recopiant à nouveau cette page très ancienne (elle remonte à la troisième version du livre, le même livre : donc à l'année 1977), si ancienne qu'elle me semble avoir été écrite par un autre, sur le clavier de l'ordinateur, en la voyant se recomposer sur l'écran aujourd'hui, sur la table de travail installée face au ström pour cette ultime traversée du texte noir, j'ai éprouvé dans les mêmes termes qu'autrefois ce vertige de "ne plus savoir où vont les pas, où se dirige la main qui trace les phrases", j'ai senti dans mon corps cette contraction ou crispation du temps qui relie dans ma vie des instants si éloignés, dont le seul point commun est d'être *écrits,* comme si je n'avais au fond jamais vécu autre chose que cette lutte acharnée contre le silence et le froid alentour. Et c'est alors que je peins, quand il n'y a plus d'images, de couleurs ni de formes, de courbes ni de droites, plus de Sud, plus de Nord, *navire affourché entre l'instant vécu et son abolition.* L'exploration de ces ruines traverse l'insomnie. C'est ainsi seulement que les morts peuvent me parler. Je les écoute. La volonté refuse – léger vacillement du monde et du langage – de s'absenter dans le désert du sommeil, le grand désert blanc où le corps devrait partir. Je tourne dans ma cage, vais à la cuisine me servir un verre de rhum, m'assieds pour fumer une cigarette... Aujourd'hui, en ce lointain aujourd'hui inimaginable lorsque ces lignes furent écrites, je ne fume plus, ne bois plus de rhum, et pourtant tout est encore présent, cela reste *vrai* dans mon expérience actuelle comme à cette époque lointaine, et c'est cette *vérité* qui m'importe ; seul mon corps accuse le vieillissement, tout ce qui me sépare de ces lignes anciennes. *Freno al timor ! V'affidi d'Iddio l'eterna aita.* Suis-je enfin parvenu, en dépit ou au moyen de ce terrible vide et vertige soudain, à quarante ans, à l'orée d'une *vita nuova,* celle dont à l'exemple de Dante rêvait Barthes peu avant sa mort, ou tout ceci n'est-il qu'une rémission, l'appel d'un autre monde, le parfum sauvage, mortel et sulfureux de la rédemption et de la charité infinie au bord de l'innommable ? Phalènes ou papillons de phalanges dans la nuit, mes doigts au-dessus du clavier. En souffrance au pays noir, emporté au fil de cette encre par les violents courants de la mémoire. Les clés de ce livre sont peut-être restées enfermées dans la grande pyramide de Monte-Albán, les temples mayas de Palenque, aztèques de Teotihuacán. Ma vie s'est effilochée sur les pages. L'assemblage de ces fragments n'établit aucune solution de continuité. *D'Egitto là sui lidi egli a Mosè diè vita ; Di Gedeone I cento inviti Ei rese un di…* Souvent les notes que j'assemble contre la peur, dans l'angoisse de la nuit, sont inutilisables le lendemain, car la lumière dissipe les fantômes de l'insomnie. La fatigue du corps et l'angoisse résurgente s'accommodent mal du jour. Ainsi, cette note que je trace à présent dans la nuit, je vois où elle va, j'entends ce qu'elle semble me dire, mais sans doute demain, à la lumière, tout cela sera devenu obscur, inutile. Telle est bien la douleur singulière de ce travail de sape et de rature imposé par l'insomnie. C'est pour protéger ma vie réelle, mon quotidien, que je me suis absenté pendant des années de cette quête dangereuse ; or la vérité se dérobe invariablement, je ne l'atteindrai pas, quels que soient mes efforts. Ce geste, après m'être interrompu au milieu d'une phrase, d'éteindre la machine à écrire, de la repousser de la main gauche contre le mur, pour faire de la place sur la table et, tout en allumant de la même main une cigarette, de reprendre de la main droite l'écriture manuscrite dans cette liasse de feuillets dont je ne parviens pas, depuis des mois, sauf en rêve, à trouver l'ordre, le rythme et la cohésion ; ce geste très ancien, qui est remonté du fond après toutes ces années de silence, m'a ramené en mémoire les premières tentatives d'assemblage et redonné la force de poursuivre cette enquête, ce cheminement de la pensée et du poignet sur le papier. Si j'ai repris ce travail, recommencé ce livre abandonné il y a plusieurs années, c'est pour tenter de me sauver (comme cette expression est pourtant maladroite !) de l'effroi provoqué par la mort de Frantz, surmonter cette absence longtemps accentuée par la passivité où m'avait enfoncé le football, et cette douleur de vérifier chaque jour que je ne peux plus écrire. Curieux paradoxe : il s'agirait en somme d'écrire pour s'en soigner… Ce carnet est un mince recours, une faiblesse que j'aurais aimé être en mesure d'éviter ; le seul recours pourtant qui me permette de me survivre encore tout en lui survivant. Dans l'épreuve de l'immédiat effroi qui a suivi pour moi la mort de mon ami Frantz Kerleroux, qui incarnait pour moi toute la Bretagne dont il n'était pourtant ni le chantre ni l'aveugle laudateur, lorsque m'est parvenue dans la ville sans saisons, début juin 1988, alors que je m'apprêtais à m'envoler de Mexico pour la Bretagne, justement, et la Suisse (je crois être retourné aussi à Barcelone cet été-là, je crois m'en souvenir mais ne puis aucunement en jurer), la lettre de sa sœur Marie-Hélène m'annonçant qu'il avait pris congé du monde, lettre qui m'a laissé hébété toute une nuit à relire ses phrases à travers une buée sèche et la fumée des cigarettes allumées chacune avec la précédente, j'ai songé comme si souvent – emporté par un chant de sirènes – à cette alternative que le suicide force à envisager : l'absence définitive, l'éternité, la charité enfin d'une douceur immédiate et finale, lent fleuve diaphane et violent comme le *Libera me* du *Requiem* de Fauré. Je suis parvenu malgré tout, en écrivant ceci pour surmonter le passage de l'effroi, à secouer l'étau de la mort qui s'était resserré autour de ma gorge : elle a relâché son étreinte, me laissant seul face à l'étendue désertique du désastre.

Dominique Sigaud

D'abord journaliste, notamment en Afrique noire et en Algérie, d'où elle rapporte en 1991 un premier livre, **La Fracture algérienne***, chez Calmann-Lévy, Dominique Sigaud (née en 1959) s'oriente vite vers une écriture beaucoup plus littéraire, originale et sans équivalent en France.* **L'Hypothèse du désert***, sorte de conte autour de la guerre contre l'Irak, et surtout* **La Vie, là-bas, comme le cours de l'oued** *– retour à l'Algérie –, s'ils utilisent un matériel journalistique, font également intervenir à des degrés divers des éléments fictionnels, servis par une écriture sobre et précise.* **Blue Moon***, roman centré sur la peine de mort aux Etats-Unis, sorti en 1998, va encore plus loin dans cette hybridation. Tous ces livres sont publiés aux éditions Gallimard.*

La Blègre

C'était il y a longtemps dans la terre sèche, une femme, un hiver, un avion ; le désert, le Kilimandjaro puis une piste africaine et un autre avion. Quatre places assises, des médicaments, le survol de la famine et de la guerre.

C'était il y a longtemps, loin de chez elle, une piste de terre et des hommes qui s'avancent, Dinka, le Soudan.

L'Afrique a demandé qui es-tu ?, je n'ai pas entendu la question.

Elle a répété sa question, j'ai eu peur de la réponse.

Quand elle a dit je sais qui tu es, je me suis tue, je savais aussi.

C'était il y a longtemps, rire est venu après, d'un seul mot, comme un rire.

La blègre, je suis la blègre.

1.

Tout est là, elle le sait – comme chaque animal l'animal, chaque nouveau-né la naissance, un seul d'entre eux pour les représenter tous et chacun pourtant unique, même les tables ; c'est ainsi – le vertige vient de là, la connaissance aussi. Compter n'est que désir d'ignorance. Reste le un, ce jour-là il est devant elle ; c'est un homme vers lequel elle s'avance, vêtu d'une robe de femme.

La robe orange est grossièrement coupée aux aisselles. Il tient un très jeune enfant dans les bras, son fils. Elle va vers lui à cause de la robe. Ils vont s'asseoir un peu plus loin sur des pierres, l'interprète est là aussi ; l'enfant ne bouge pas dans ses bras, c'est son territoire.

Cet homme s'appelle Ayol Atuchwof ; c'est le nom qui lui a été donné à la naissance. Au début, elle ne demandait pas les noms ; elle croyait qu'elle n'osait pas mais c'est autre chose. Le nom prononcé, elle ne peut éviter celui qui lui fait face ; c'est ce qu'elle voulait s'épargner au début. En faire l'économie. Elle sait, sans qu'on le voit, ignorer qui est devant elle en lui parlant.

2.

Le matin, elle se lève tôt. Elle allume la radio et prépare un café. Elle voit par la fenêtre les trains quitter les voies de la gare de l'Est et s'assied devant la table de bois verte pour déjeuner. Ensuite seulement, elle se lave et s'habille. Il n'y a pas de bruit dans l'immeuble, seulement celui des trains mais ce n'est qu'une rumeur.

Le silence s'installe quand elle se met au travail, radio éteinte. Il lui arrive d'en avoir peur.

Quand elle n'a parlé à personne, elle descend parfois le soir acheter le journal ou du pain pour avoir été dehors parmi eux entendre leur bruit et les voir, en faire partie. Il arrive aussi qu'elle ne sorte pas jusqu'au lendemain.

3.

Un monomoteur les avait déposés à Bor, près du fleuve, sur un terre-plein où les Transall larguaient du ciel sacs de maïs et de riz. Une femme était venue les accueillir, seins amples serrés dans une chemise blanche nouée au nombril, short beige ras sur ses cuisses bronzées, et chaussettes de laine roulées sur d'épaisses chaussures de randonneur. Manquait Katharine Hepburn en pantalon de toile et Humphrey Bogart.

La femme les avait accompagnés dans l'ancienne école détruite par les bombardements où se terraient quelques familles, s'était avancée vers une des femmes, avait dit "Et ton lait, il remonte ?" La femme l'avait regardée sans comprendre mais elle avait déjà compris.

D'un geste impatient, l'humanitaire lui avait montré qu'elle devait relever sa chemise, montrer ses seins. La femme les avait fixés sans bouger. Un instant tous avaient attendu. Alors la femme blanche avait tiré elle-même la chemise vers le haut, saisi les deux seins noirs à pleines mains comme un pis de vache et dit "Tu vois, ça vient ce lait, il n'y a pas à faire tant d'histoires", puis elle avait quitté la pièce.

4.

Certains dimanches après le déjeuner, elle se dit qu'elle devrait aller se promener. C'est toujours une décision difficile à prendre mais elle peut parfois en avoir le courage. Il arrive aussi qu'elle y renonce et reste chez elle jusqu'au lendemain.

Elle va à pied jusqu'à la gare de l'Est, hésitante, s'étonne d'être dehors, d'avoir pris cette liberté ; elle ne sait pas, à ce moment-là, si elle poursuivra son projet jusqu'au bout.

C'est dans le Marais qu'elle veut aller, elle ne sait pas pourquoi, jamais ailleurs.

Arrivée gare de l'Est, elle hésite sur l'autobus ou le métro à prendre. Il arrive qu'elle hésite longtemps, se décide pour un bus, revienne vers le métro. Sa peur augmente. Il arrive aussi qu'elle attende longtemps un bus qui n'existe plus le dimanche. Elle est perdue. Elle habite pourtant cette ville depuis vingt ans.

Elle voudrait parfois renoncer, rentrer chez elle à quelques mètres de là. Il arrive qu'elle le fasse.

Enfant, elle n'a jamais osé franchir seule la grille qui ouvrait sur la rue.

5.

L'homme vêtu de sa robe de femme a dit qu'il était fermier dans un village du Bahr el Ghazal. La guerre et les razzias l'avaient chassé de chez lui. Plusieurs de ses enfants étaient morts. Avec d'autres, il avait rejoint un premier camp de réfugiés. Mais le camp avait été bombardé à son tour, alors il était descendu plus bas à pied vers le sud pendant des jours, jusqu'à cet autre camp près de la frontière, autrefois créé pour les fermiers ougandais.

Les survivants avaient organisé le camp comme une ville. Chaque village regroupé par zone. Un responsable par village. Ensemble, ils avaient rebâti les anciennes cases effondrées, en avaient construit de nouvelles. Ils ne savaient pas combien de temps ils devraient attendre là.

Tenant l'enfant dans ses bras, l'homme avait dit "J'ai tout perdu", puis "Je me sens comme un sous-homme" ; elle avait compris ce qu'il voulait dire. Son grand-père autrefois les appelait les nègres. Elle aussi autrefois avait relevé leurs chemises et pressé leurs seins sans les regarder. Elle avait noté la phrase dans son carnet.

"Je sais que les fusils seuls ne résoudront rien", avait dit l'homme ensuite ; elle l'avait écouté analyser les raisons de cette guerre sans issue qui les tuait l'un après l'autre depuis quinze ans. Elle était loin de chez elle mais ce jour-là elle avait été là. Les herbes étaient jaunes et desséchées. Le ciel immense. Le temps aussi. Elle avait aimé que cet homme lui parle habillé dans sa robe de femme comme dans n'importe quoi d'autre. Cet homme-là, dans sa langue qu'elle ne comprenait pas. C'est à la naissance que lui avait été donné son nom. Chez elle aussi parfois certains disaient cette phrase, exactement la même : sous-homme. Elle-même le pensait parfois aussi pour elle, mais ce jour-là elle n'en avait rien dit. L'enfant non plus n'avait pas bougé en entendant son père prononcer ces paroles.

6.

Tous les jeudis matin, elle quitte tôt son appartement. Le trajet en métro dure trois quarts d'heure. A son arrivée, elle longe une école avec enfants bleu marine, nourrices étrangères et mères en serre-tête de velours marron, toujours les mêmes. Elle aussi autrefois a porté les jupes repassées plissées, mocassins cirés et l'air de tout savoir-avoir pour toujours. Chaque fois qu'elle passe devant eux, elle se découvre la même agressivité à leur égard.

Elle doit sonner à l'interphone, dire son nom, attend d'entendre “Oui”. Ensuite c'est au dixième étage. Elle sonne une deuxième fois et attend à nouveau ou la porte est déjà ouverte et elle s'assied sur le canapé. Parfois elle entend des bribes de conversation à travers la porte, des pleurs, ou rien.

Ensuite c'est son tour. Elle passe la première, pose son sac à main par terre, le pousse parfois du pied par crainte qu'il ne gêne le passage. Puis elle ôte sa veste ou son manteau et s'allonge.

Il est huit heures trente. Elle attend parfois d'entendre “Alors ?” en regardant les livres devant elle sur la bibliothèque, les murs ou le plafond. Il arrive aussi qu'elle parle la première. Ça ne dure pas longtemps, dix ou quinze minutes environ mais il lui arrive de s'arrêter en pensant qu'elle a trop parlé. Il arrive aussi qu'elle pleure ou ne dise rien. Quand elle entend “Bon” c'est qu'elle peut se relever. Elle rentre alors chez elle.

7.

En entrant dans le centre de nutrition, très sombre malgré la luminosité du dehors, elle avait dû attendre debout sans bouger avant de les distinguer. Puis elle les avait vus. Certains parmi les plus âgés étaient assis seuls par terre sans bouger. Les autres sans bouger non plus gisaient dans les bras de leur mère. Tous portaient au poignet des bracelets de protection et de prière de toutes les couleurs et un autre, en plastique blanc, pour mesurer leur degré de sous-alimentation.

Elle s'était approchée d'une des mères et du corps de l'enfant dans ses bras. Le bracelet en plastique était trop grand pour son poignet. Ses yeux trop grands dans sa figure regardaient sans bouger. Sa figure ne bougeait pas non plus. Elle s'appelle Langawan. Elle est la septième enfant d'Arwal Majok. Cinq de ses frères et sœurs sont morts de faim. En apprenant un jour que des sacs de bouillie venaient d'arriver à Akon, la mère a marché cent kilomètres en la tenant dans les bras. Elle a un an ; à son arrivée elle pesait quatre kilos. Elle n'en pèse plus que trois et demi. Avec d'infinies patiences, sa sœur aînée la survivante la nourrit pourtant de bouillie dans un petit coquillage blanc du fleuve.

Elle avait regardé l'enfant Langawan mais ne l'avait pas touchée. Ni elle ni le petit bossu assis près d'elle tout seul le nez plein de morve, qui l'avait regardée avec tant de renoncement qu'elle avait voulu partir. Mais elle n'était pas partie. Elle les avait photographiés. Elle avait pris l'appareil et l'avait placé entre son visage et le leur. Ils l'avaient regardée faire sans sciller. Eux mouraient. Elle n'avait pas porté la main jusqu'à eux, juste la main une seule fois, elle ne l'avait pas fait.

8.

C'est plus tard qu'elle l'a su, des semaines après, un jeudi matin. Allongée dans le bureau, elle avait parlé de la terre là-bas ôcre jaune et rouge et du fleuve boueux ou desséché, des arbres à cosses sèches et des filaos, de la voûte la nuit comme un cristal de gorge, puis elle avait parlé d'un vieil homme rencontré un peu plus loin, son nom est Lual Quil, le corps mourant de faim et les mains très droites, à qui elle avait dit toute petite dans sa jupe plissée bleu marine et ses mocassins cirés "Je ne peux rien pour vous, je suis journaliste" et très droit il l'avait regardée, comprenant qu'elle ne ferait rien pour lui, juste noter ce qu'il disait et repartir.

En parlant de lui, elle avait compris qu'elle n'avait touché de sa main aucun des visages d'enfants qui mouraient près d'elle, pas une caresse dans sa robe plissée bleu marine et ses mocassins cirés, ses mains étaient restées très blanches immaculées, ce qu'elle était aussi.

9.

Elle y était retournée quelques semaines plus tard. Le camp s'appelait Maridi. Un homme seul qui avait tout perdu y avait regroupé des enfants seuls qui avaient tout perdu. Soixante petits. Elle était allée les voir. Le plus jeune avait trois ans. C'était un garçon.

Elle l'avait pris dans ses bras, cette fois elle l'avait fait, son corps rouge de poussière de la terre contre elle, l'enfant avait posé une main sur ses cheveux. Puis il s'était tourné vers elle ; les yeux très droits d'enfant grave près des siens, il avait passé une main sur sa figure à elle lentement, il savait ce qu'il faisait, et dans sa langue swahili d'enfant du Bahr el Ghazal en guerre, il avait dit "Que Dieu vous garde", pour la protéger.

10.

C'était il y a longtemps dans la terre sèche, un seul enfant.

Son grand-père autrefois les appelait les nègres.

C'était il y a longtemps.

Il neigeait dehors, elle a posé son stylo, l'a repris, a écrit le mot blègre. Depuis longtemps, elle le cherchait. Et elle a ri. Je suis la blègre, regarde-moi, je suis la blègre.

Eric Laurrent

Avec ses quatre romans aussi drôles que virtuoses – **Coup de foudre, Les Atomiques, Liquider** *et* **Remue-ménage**, *le plus récent –, Eric Laurrent (né en 1966) s'est méticuleusement employé à dynamiter la fiction. Il occupe désormais une place à part entière au sein de la prestigieuse famille des auteurs Minuit.*

Trou d'air

Puisque nul vice, pendable ou bien véniel, ne disparaît jamais en totalité et que, selon un principe somme toute assez proche de celui des vases communicants, tout refoulement psychologique se traduit par un comportement réactif, Martin Mercure buvait exagérément pour sublimer la puissante envie qu'il ressentait de fumer. Après quelques heures de vol, si la perspective de se griller une petite blonde – mais, à ce stade-ci de sevrage, une grosse brune eût tout aussi bien fait l'affaire – demeurait toujours aussi attractive, il était toutefois parvenu à cesser de remâcher sa négligence du paramètre tabac lorsqu'il avait réservé quelques jours auparavant son billet pour Los Angeles – c'était fait, c'était fait, le vol était non-fumeur, il l'était, il l'était. Désormais, pour longtemps installé dans une alcoolémie de croisière, disons deux grammes par litre – alcoolémie qu'il lui fallait, nonobstant les prestations généreuses de la compagnie aérienne (boîtes de bière, flûtes de champagne et doigts de whisky, servis presque à volonté), maintenir à niveau en se rendant de temps à autre aux toilettes de l'avion boire quelques gorgées de bourgogne tiré d'une caisse de vin contenant trois bouteilles destinées, au moment de leur achat à Paris, à ses hôtes californiens (présent dont, on s'en doute, il ne resterait bientôt plus rien) –, calé au plus serré entre deux écouteurs diffusant à volume maximal un des programmes pop émis par le réseau interne de l'appareil et confortablement allongé sur son siège incliné, il se laissait sans résistance envahir par l'hébétude.

Evitant à cette fin sa conscience comme la peste – elle le ramenait en effet à l'irrésistible besoin qu'il éprouvait de fumer –, il s'efforçait de n'exercer aucune pensée sur rien, faisant en sorte de ne répondre qu'aux sollicitations qui lui étaient centrifuges, les délaissant de surcroît assez rapidement les unes après les autres, pour y revenir plus tard, afin que leurs divertissantes vertus ne s'émoussassent point et ne l'exposassent, du coup, à son addiction contrariée. C'est ainsi qu'il pouvait passer en une minute à peine de l'écoute d'un extrait de tube mondial à la vision d'un plan du film projeté dans la carlingue, puis de la lecture d'une manchette d'un des quotidiens disposés sur ses genoux à celle d'un paragraphe du roman qu'il avait emporté avec lui, de l'examen ensuite d'une des consignes de sécurité recensées dans le livret glissé dans le filet du dossier lui faisant face à la brève compulsion du magazine offert aux passagers, et encore du spectacle des rondeurs ondulantes du personnel féminin navigant à celui, plus figé, de l'étendue de nuages qui, à travers le hublot percé à sa droite, s'étalait en contrebas de l'avion.

C'était un paysage évanescent, à teinte de banquise et relief de toundra, accidenté de collines grêlées et de vallons bouillonnants, planté d'une chimérique flore composée d'efflorescences emphysémateuses, de boursouflures mycoïdes, d'herbes calamistrées, de bosquets grumeleux et de frondaisons baccifères, et peuplé d'une non moins incrédible faune de diplodocus hydrocéphales, de pachydermes quadricornes et de yacks velus parmi laquelle, en sus, tentaient de survivre des tribus d'androïdes affectés de tumeurs palpitantes, de barbes d'anachorètes, de seins dépareillés et, on en restera là, d'yeux batraciens. L'ensemble évoquerait un instant dans l'esprit de Martin Mercure une manière de maquette, à échelle un, d'un projet de cosmogonie abandonné, à moins que d'apocalypse programmée, on ne sait, il ne sut, nul ne saura : il s'endormit à ce spectacle.

Il lui semblerait pourtant se lever, certain moment, de son siège pour se rendre aux toilettes. L'affaire eût été bien commune si, au moment même où il s'apprêtait à écarter le rideau bleu de cobalt isolant le bloc sanitaire du reste de l'appareil, une main ne l'avait mêmement écarté de l'autre côté, faisant apparaître subséquemment, en une épiphanie lente, progressive et irréfragable – jambes surélevées et galbées par des talons aiguilles, plastique fidélisée au plus près par un tailleur cintré en flanelle de cachemire et un top moulant en lycra, bouche ceinte, pour attention, par un rouge à lèvres écarlate, blondeur rehaussée par la dominante sombre de sa vêture et bleuté de l'iris accentué par le teint hâlé de sa peau –, oui, une femme.

Ce fut soudain comme si l'infinitésimale agitation de particules, consécutive au lever du rideau, avait eu un effet cosmique et créé un trou d'air dans l'éther : en une fraction de seconde, l'homme perçut une astringence terrible saisir le fond de son être, un collapsus général semblait le vouloir dissoudre dans l'espace et l'arracher au temps – cravate noire et chemise blanche sur fond d'asthme, lunettes rondes sur léger arrière-plan d'hypermétropie, Martin Mercure, trente-deux ans, se sentait disparaître.

Simultanément, la jeune femme avait relâché le tissu frontalier et s'était aussitôt jetée dans ses bras, elle l'étreignait maintenant au point de se fondre presque en lui qui, de son côté, crispait ses doigts sur l'arête d'une cloison et une poignée de porte afin de ne pas céder aux forces qui menaçaient maintenant de l'arracher au sol de la carlingue – de toute évidence en effet, l'avion tombait en chute libre.

Comme une onde de vomissements se propage sur le pont d'un bateau, les compartiments à bagages régurgitaient les uns après les autres leur contenu, attachés-cases, vanities, baise-en-ville, sacs à main, vestes et pardessus, sur les têtes des passagers ; de trois chariots effectuant des tonneaux le long des allées fusaient des plateaux-repas, comètes ayant pour queue leur garniture – asiatique ce jour-là : poulet au curry et riz cantonais – et traçant dans les airs des ellipses bigarrées s'achevant en étoiles sur les joues, les cravates, les parois et les hublots ; mille objets (livres, périodiques, baladeurs, boîtes de soda, gobelets et souvenirs de Paris) se dispersaient pareillement dans tout l'appareil, dont quelques-uns de leurs possesseurs, plaqués contre le plafond, battaient des jambes et des bras ; rebondissant sur le haut des dossiers, une hôtesse dévoilait ce que seuls, d'ordinaire – du moins le présume-t-on –, quelques stewards, et le commandant de bord peut-être, avaient toute licence de contempler ; enfin, angelots papillonnant au-dessus de leurs géniteurs, une dizaine d'enfants, nouveau-nés ou depuis peu scolarisés, ajoutaient une touche pompière au tableau.

Tout cela ne durerait pas plus d'une poignée de secondes. Après une perte d'altitude de plusieurs centaines de mètres, l'avion se stabilisa brusquement, à l'intérieur tout retomba au sol et le vol reprit son cours horizontal.

L'inconnue avait relâché son étreinte, elle se détacha du torse de Martin Mercure, elle retendit sa veste des deux mains et détourna ensuite la chute de quelques siens cheveux derrière son oreille, je vous prie de bien vouloir m'excuser de vous avoir agrippé comme cela je ne sais pas ce qui m'a pris mais j'ai cru un instant que ce trou d'air n'aurait pas de fin. Je vous avouerais, dit Martin Mercure en réajustant pareillement sa tenue, que votre compagnie me l'eût presque fait souhaiter. Je vous en prie vous êtes trop aimable. Elle fit un pas de côté afin de le dépasser. Attendez. Elle se retourna : il lui tendait un cheveu, il était sur la manche de ma chemise je crois qu'il vous appartient. Gardez-le ça n'était qu'un lien pour me retenir à vous. Et le rideau retomba sur elle.

Comme un baigneur hésite devant l'eau, Martin Mercure laissa son regard voguer quelques instants durant sur les plis du pan de tissu bleu, où se dessinait encore, façon saint suaire, le visage de la jeune femme et s'imprimait une bulle circonscrivant les derniers mots qu'elle avait prononcés. Puis il frotta l'un contre l'autre son pouce et son index pour détacher le cheveu de sa peau et, tandis que le commandant de bord s'excusait de cette turbulence, malgré tout indépendante de sa volonté (car provoquée, expliquait-il, par la forte différence de température entre plusieurs masses d'air), il pénétra aux toilettes.

De retour vers sa place, enjambant ou contournant pour ce faire la vingtaine de blessés, légers semblait-il, que l'on avait dénombrés et auxquels hôtesses et stewards prodiguaient de menus soins dans les allées, il tenterait bien de retrouver sa jeune blonde parmi les rangées d'occiputs et de nuques au milieu de quoi il avançait, cherchant à induire de son seul visage quelle apparence pouvait avoir les siens et comment sa chevelure devait s'y développer ; mais la rencontre avait été trop brève pour permettre une reconnaissance autrement que dans les conditions de sa première occurrence, c'est-à-dire de face, et bien qu'il dépassât ensuite volontairement son propre siège de plusieurs mètres afin d'être en mesure, en remontant l'allée, de dévisager les voyageurs, voire s'exposer à son regard et, qui sait, s'entendre apostropher par elle, rien n'y ferait : il s'assit sans l'avoir aperçue.

Bientôt l'avion entamerait sa descente : on fora les nuées, l'horizon se voila durant quelques instants, la luminosité décrût, de grosses écharpes de vapeur s'écrasèrent aux hublots, peu à peu s'y délitèrent comme file un boa sur le corps d'une danseuse, s'en détachant enfin. Tout se dégagea alors et la Californie s'étira sous les ailes du Boeing – le ciel était bleu, très bleu, et le soleil éclatant, très éclatant.

Insensibles en vol, tous les fuseaux horaires traversés par l'avion se déplient soudain en soi comme un soufflet géant dès qu'on touche le sol ; jointe au sybaritisme du voyage (collations fluidifiées de libations, diffusions vidéo entrecoupées de siestes, feutrage de tous les bruits, vernale climatisation), cette décompression sidère quelque temps les nouveaux arrivants, ils flottent toujours un peu le long des files d'attente devant les douanes américaines, ils s'appuient sur leur chariot à bagages pour marcher. Ceux du vol Paris-Los Angeles manifestaient en revanche des signes de stress profond et d'angoisse indéniable ; dépêchée à la porte de l'appareil, une unité médicale emportait sur des civières les blessés corporels et proposait aux voyageurs indemnes une assistance psychologique, ainsi que des anxiolytiques ; le long du couloir menant au terminal, des femmes étaient en larmes, soutenues par des hommes en colère qui joignaient de leur téléphone portable leur avocat afin d'envisager la tenue d'un procès contre la compagnie aérienne au motif que, nous reprenons là les termes mêmes du journal présentement ouvert sur les genoux de Martin Mercure, l'atterrissage n'avait pas eu lieu plus tôt, à San Francisco ou à Salt Lake City par exemple, et que les secours avaient été si longs à se rendre sur le tarmac. Seul Martin Mercure paraissait calme.

Il tâchait pourtant de s'extraire de sa torpeur éthylique tout autant que cinétique afin de retrouver l'inconnue de l'avion. Suivant les voyageurs à travers l'aérogare, il dissolvait du regard tout ce qui ne lui ressemblait pas pour ne se focaliser que sur les taches blondes ballant dans le rebond infini des têtes ternes alentour. Chaque miroitement au loin lui faisait ainsi presser le pas, il écartait violemment cette foule infraliminaire de son chemin, la repoussait sur les côtés par grosses poignées de tissu ; dix fois il perdit la chevelure de vue, dix fois il la retrouva – dix fois il constaterait sa méprise.

Enfin, quand l'ensemble des passagers du vol Paris-Los Angeles eut soulevé ses bagages du tapis diplodocus les lui restituant et que n'y demeura plus que le sien, il abandonna sa quête et se laissa tomber sur un banc de plastique, sous une affiche – *Keep your luggage with you.* Là, la cornée faiblement agitée par les lents défilés de la valise devant lui, les tympans simplement effleurés par les couinements de caoutchouc du dispositif la faisant se mouvoir et le frémissement des lamelles de plastique à travers lesquelles elle apparaissait à droite puis disparaissait à gauche, il se projetterait plusieurs fois la scène de l'avion, notamment le passage de l'étreinte, immobile et placide comme un spectateur – et, comme tel, ému. Il n'entendrait en conséquence pas l'annonce qui serait passée dans tout l'aéroport quant à l'oubli d'une valise en provenance probable de Paris.

C'est une explosion qui interromprait subitement sa rêverie : de cette valise, précisément, ne subsistait désormais, dispersés sur le tapis roulant, que des retailles de cuir et des lambeaux de linge, qu'éparpillaient un peu plus du canon de leur fusil les artificiers qui venaient de la faire sauter, merde putain c'est pas vrai ça. S'étant manifesté alors auprès d'eux, voulant poser réclamation et demander réparation, Martin Mercure comprit toutefois que tel était, par crainte d'attentats terroristes, le sort qu'on réservait à tout bagage suspect – on lui désignait l'affiche sous laquelle il s'était assis, un policeman lui en fit même lecture, keep your lug. Ouais ça va j'ai compris. Martin Mercure saisissait également que tout recours auprès de la direction serait vain, understood guy ?

Ayant cependant tardé à l'entendre et saupoudré ses récriminations de propos peu amènes, sinon diffamatoires – de ceux dont la substance franchit allégrement les barrières de toute langue –, on le soulèverait par les aisselles pour ne le relâcher que parvenu dans un bureau aveugle, aux murs duquel battirent, lorsqu'on referma la porte, des portraits photographiques d'êtres patibulaires que la Californie ne voulait pas laisser partir ou pas laisser entrer. Assis sur un tabouret de métal scellé au sol, couvert de son seul slip, Martin Mercure attendit de longues minutes que des mains eussent fini de feuilleter son passeport, inventorier ses poches et palper ses vêtements – il manqua défaillir quand, dans son dos, une autre main fit claquer les cinq doigts d'un gant de caoutchouc, modèle chirurgical. Putain je rêve. Keep cool guy.

Un quart d'heure plus tard, pendant que, dans une autre pièce cette fois, deux de ces mêmes doigts s'écrasaient sur le clavier d'un ordinateur en achevant de rapporter dans le cadre strict d'un formulaire de police la destruction d'un bagage, l'arrestation de son propriétaire puis sa fouille et son interrogatoire, Martin Mercure, désormais rhabillé, laissait, tout en opinant véhiculairement de la tête aux propos vernaculaires du dactylographe, errer son regard au-delà de la baie vitrée à sa gauche, parmi les écrans de vidéosurveillance de Tom Bradley Airport : plans de foules tranquilles, uniquement agitées, dans les zones d'embarquement et de débarquement, de mains s'élevant en l'air ou de bras s'entrouvrant, de mouchoirs agités puis se remplissant.

Ce spectacle lassant vite, l'attention de notre homme se déporta vers les employés chargés d'y assister des journées entières, téléphages contraints, en mal de fiction, et dont les paupières lourdes pouvaient laisser filtrer comme une amorce de transfert lors de la diffusion plein cadre d'un bellâtre gominé embarquant au bras d'une rousse pulpeuse pour Hawaii ou Papeete, ou bien encore comme un rai de concupiscence au passage d'une blonde splendide sur un écran plus haut – Martin Mercure se leva de sa chaise et se précipita contre la baie vitrée, il fixait cet écran : l'inconnue de l'avion y était retransmise, elle prenait, seule, une consommation au comptoir d'un bar de l'aéroport. Aussi, émargé le rapport que venait d'achever à l'instant de taper le fonctionnaire de police, puis rempoché ses papiers d'identité, se précipita-t-il vers le débit de boissons sus-télévisé.

Le visage de la jeune femme se circonfléchit d'un sourire lorsqu'elle le vit venir à sa rencontre. Je peux, lui demanda-t-il en se hissant sur le tabouret voisin du sien. Je vous en prie, lui répondit-elle, je savais que vous viendriez. Alors ils se firent face et chacun s'installa dans le regard de l'autre, y prit bientôt ses aises, comme à dessein d'y emménager durablement, s'y étendant de tout son long, à l'exclusion de tout le reste. Puis elle se pencha vers lui : ses lèvres, en s'avançant, rejetaient son visage à leur périphérie, sa chevelure, son front, ses yeux, ses joues, elles occupaient maintenant tout le champ de vision de Martin Mercure – votre ceinture monsieur, lui diraient-elles ensuite. Il leur demanda de répéter. Votre ceinture s'il vous plaît, obtempéreraient-elles. Il demeura interdit, d'autant que des mains, provenant d'il ne savait où, avaient entrepris de le secouer par l'épaule et la manche, et voici qu'on lui tapotait les joues, on lui pinçait le nez, on lui mouillait le front, monsieur monsieur réveillez-vous il vous faut boucler votre ceinture nous survolons Los Angeles et nous allons commencer les manœuvres d'atterrissage.

PATRICK BOUVET

Patrick Bouvet (né en 1962) s'est d'abord consacré à la création musicale – rock puis musique sérielle, collage – avant d'appliquer ces techniques à l'écriture. Très travaillés, ses textes se situent aux confins de la poésie sonore et du roman et doivent autant à Laurie Anderson et William Burroughs qu'à Don DeLillo. On y trouve l'obsession d'un monde fasciné par sa propre violence, oscillant avec la même attirance entre terrorisme et sécurité tyrannique. **In situ**, *son premier texte, a été publié en janvier 1999 aux Editions de l'Olivier.*

Sitcom

la terreur se lit
dans les yeux
des habitants
la violence des combats
est inouïe
“nous irons jusqu’au bout
croyez-moi”
a déclaré le chef des rebelles
sur une radio pirate
la terreur est inouïe
son discours
a été salué par des coups
de feu
son discours se lit
dans les yeux
des habitants
sur une télé bricolée
des militaires regardent
une sitcom inspirée

des textes religieux
une sitcom inouïe
des combats célestes
à la télé
“il est à la tête
d’une véritable armée
de zombies”
les yeux en feu
du chef
ses hommes sillonnent
la ville
sur des motos
ou dans des voitures sans plaques
une sitcom zombie
“ils ont la gâchette facile”
nous dit un habitant
les militaires regardent
le feu
sur les hommes
des maisons et des terrains
ont été confisqués
les zombies sillonnent
les terrains célestes
le feu sur la ville
officiellement
les autorités font état
d’un “petit groupe d’extrémistes”
les textes religieux
en feu
dans la tête du chef

des combats de zombies
sur une télé bricolée
des demi-dieux agonisent
sur la piste céleste
le visage souillé
par les étoiles
(truquage vidéo)
les responsables cherchent
à rassurer le personnel de l'OMS
(Organisation mondiale de la santé)
ainsi que les investisseurs
(truquage facile)
officiellement
les zombies n'existent pas
"ils ont la gâchette facile"
nous dit un habitant
officiellement
les organisations internationales
existent
"elles peuvent travailler en toute
liberté"
la violence se lit
dans les yeux
des investisseurs
le feu
de la liberté
la terreur
des investisseurs
à l'aube
des singes se ruaient

dans les villages
chassés de la forêt
par le brasier

radio brasier
dans toutes les maisons
Samantha
range la cuisine
“c’est terrible
la mort
n’est jamais loin”
dit un photographe
Samantha
prépare un café
un zombie fume
une cigarette au bout
de la table
(le visage souillé
par le brasier
des militaires regardent
l’écran)
la mort
dans la cuisine

d'une sitcom
le café fume
Samantha
regarde le ciel
par la fenêtre
des demi-dieux agonisent
sur la piste céleste
(avions furtifs F-117)
l'étonnement se lit
dans les yeux
de Samantha
des singes
dans la cuisine
d'une sitcom
"le fusil est chargé"
dit un porte-parole
occidental
la mort fume
une cigarette au bout
de la table
le porte-parole sourit
(truquage vidéo)
le porte-parole lit
des textes religieux
(truquage militaire)
airbone warning and control
system
joint surveillance and target attack radar
system
patriot air defense

system
global positioning
system
officiellement
la mort n'existe pas
durant le conflit
les militaires regardent
les combats
sur une télé
(truquage occidental)
demi-dieux
ou grands singes
des avions furtifs (F-117)
au-dessus de la cuisine
Samantha
regarde le ciel
à la télé
les satellites
montrent clairement l'existence
d'un camp d'entraînement
pour les rebelles
l'écran
nous montre clairement
la cuisine d'une sitcom
les investisseurs existent
aussi dans le ciel
– pardonnez-moi si je vous dérange
  dit Samantha
– parle
  répond le zombie

pose la question
qui est au fond
de toi
– désolé
dit le porte-parole
mais c'est trop tard
pour les questions
rires en boîte
(truquage télé)
à l'aube
les étoiles se ruaient
dans la cuisine
chassées du ciel
par les satellites

airbone warning and control
system
joint surveillance and target attack radar
system
patriot air defense
system
global positioning
system
à l'aube
des hommes se ruaient
dans les textes religieux
la terreur se lit
aussi dans le ciel
"il nous faudra beaucoup
de temps pour
reconstruire tout ça"
dit un interprète
des véhicules roulent
sur leurs jantes

l'électricité est intermittente
il n'y a plus de forêts
les satellites
montrent clairement l'existence
d'un brasier
militaire
Samantha
fume une cigarette
dans une forêt
céleste
le visage souillé
par la mort
le porte-parole lit
sur l'écran
"ces frappes s'inscrivent
dans une logique
de guerre
nous sommes déterminés
et nos alliés suivront"
le texte se lit
dans les yeux
du porte-parole
"ça va chauffer"
chuchote un journaliste
les yeux en feu
du porte-parole
dans la salle de presse
l'agitation est grande
le discours
dans une logique

de guerre
“il nous faudra beaucoup
de temps pour
reconstruire tout ça”
dit un interprète
l’agitation est grande
dans la salle de presse
l’écran
nous montre clairement l’existence
d’une sitcom mondiale
– pardonnez-moi
  dit le journaliste
– parle
  répond le porte-parole
  pose la question
  qui est au fond
  de toi
– désolé
  dit Samantha
  qui apparaît sur l’écran
  mais c’est trop tard
  pour les questions

Yves Pagès

Auteur d'un essai sur Céline – **Les Fictions du politique chez Louis-Ferdinand Céline**, *au Seuil –, Yves Pagès (né en 1963) a écrit quatre romans, dont* **Plutôt que rien**, *paru chez Julliard, et* **Prières d'exhumer**, *un livre qui renouait avec le courant "prolétaire" libertaire de la littérature française et qui fut le premier volume publié par les jeunes éditions Verticales.*

Le Baiser du cobaye

Pour quitter sa chambre noire, encore à jeun, elle était obligée d'emprunter un couloir éclairé à son extrémité par les seules lueurs intermittentes d'une ampoule pendant à un fil. Même le faux contact semblait fait exprès : un flash écarlate toutes les trois secondes. Juste le temps de deviner les coudes successifs du corridor. Après avoir viré à gauche, puis deux fois à droite, elle longeait une baie vitrée sans rien distinguer du dehors, plongé dans une pénombre rougeoyante. Et désormais, impossible de battre en retraite, une porte coulissante se refermait automatiquement sur son passage alors qu'elle débouchait sur un grand espace vide. Là, il lui restait, au choix, deux issues diamétralement opposées. Soit vers un second couloir, pourvu d'un tapis roulant qui alternait marche avant et arrière de façon aléatoire. Soit vers une salle attenante dont la surface entière était occupée par une piscine gonflable emplie d'une laitance tiédasse. D'expérience, elle savait les deux chemins également périlleux. Mais il lui fallait franchir l'un ou l'autre pour espérer atteindre la pièce du fond, une cuisine rudimentaire, où son repas serait servi : céréales diverses et biberon d'eau sucrée. En général, elle s'immobilisait au bord du bain, à quatre pattes, humant avec insistance les effluves du lait, et finissait par y plonger avant d'aller dévorer à sec ses granulés bien mérités. Elle se risquait plus rarement sur l'autre voie. Le fait que le sol puisse soudain s'y mouvoir à ses dépens semblait la terroriser. D'autant que le tapis mobile pouvait atteindre une vitesse de défilement supérieure à sa force motrice. De ce côté-là, on n'était pas vraiment certain d'arriver au bout, tandis qu'à faire trempette dans une mare demi-écrémée, ce n'était jamais qu'un mauvais moment à passer. Aucun risque d'échec possible.

Sauf accident, bien sûr. Comme ce jeudi 21 décembre 1970, vers dix-neuf heures trente, quand elle creva à coups de dents l'espèce de bassin pneumatique et, rebroussant chemin face à l'inondation, se réfugia par mégarde sur le tapis roulant, dont le système électrique, quoique de faible voltage, électrocuta la fuyarde détrempée sans même la laisser profiter d'un ultime petit déjeuner.

A l'époque, mon père avait lancé un programme d'études portant sur un lot de souris de laboratoire. Je venais d'avoir douze ans et, ignorant tout de ses activités savantes, je ne m'en portais pas plus mal. C'était moins de l'indifférence qu'une appréhension instinctive qui me retenait de poser la moindre question à ce sujet. A table, la science occupait déjà la plupart des conversations et bouffait l'air de rien ma petite famille de l'intérieur. J'étais le dernier anticorps rétif à toutes leurs théories bavardes. Mais un mioche presque pubère s'appâte aisément. Qu'on lui parle d'animaux et déjà il se sent en terrain familier. A peine mon père avait-il évoqué les petits rongeurs sur lesquels il comptait vérifier de mystérieuses lois comportementales que je laissais libre cours à ma curiosité : “Pourquoi avec des souris, papa ?” J'avais osé un premier pas sur son terrain. Impossible de faire marche arrière.

Le lendemain, mon père tombait malade : une crise de sciatique qui le clouait au lit et obligeait ma mère à le piquer matin et soir dans le gras de la fesse. En quelques jours, à force de fouiller dans les poubelles de la salle de bains, j'avais déjà rassemblé six ou sept seringues usagées. Ma petite collection s'annonçait florissante. Mais d'autres tâches allaient bientôt m'absorber ailleurs. Et pour cause. Du fait de sa provisoire infirmité, papa s'apprêtait à annuler le chantier expérimental qu'il avait mis au point. A ses yeux, je m'en rends mieux compte aujourd'hui, c'était un aléa d'autant plus dommageable que la centaine de souriceaux, livrée depuis un mois dans les caves de son Institut d'éthologie psychosociale, venait d'atteindre un poids adulte. Noël approchant, les techniciens s'apprêtaient à partir en congé. Et l'on ne pouvait maintenir plus longtemps ces muridés en cages individuelles, avec l'entretien minutieux que cela suppose : renouvellement de la dose alimentaire et des pipettes à eau, changement des litières, pesée bijournalière, variation des éclairages d'ambiance, marquage identifiant des queues à la fluorescéine et familiarisation des sujets au dispositif ambulatoire. Ces contraintes techniques pressaient mon père de prendre une décision. Désespéré à l'idée d'interrompre un plan de recherche décisif pour la validation de ses hypothèses, sinon pour les suites de sa carrière, il me mit au pied du mur. J'étais son dernier recours.

Devant pareil ultimatum, énoncé en des termes alarmistes, je ne pouvais qu'accepter. Il m'avait eu aux sentiments. Faute de partir en colonie, comme l'année précédente, je passerais ma première semaine de vacances dans les sous-sols de son laboratoire. A raison de deux séances quotidiennes d'observation. Une heure seulement en fin de matinée. Et quatre d'affilée l'après-midi. En échange, il me prêtait sa montre que je lorgnais depuis que maman avait eu un malaise dans la baignoire. J'avais vu papa prendre son pouls avec. Moi aussi, je savais retenir ma respiration exprès pendant plus d'une minute. Sauf que je préférais décliner les chiffres à l'envers : trente-deux, trente et un, trente, vingt-neuf…

A zéro, je sortais la tête du bain et j'étais propre. Maintenant, comme c'était gravé *waterproof* derrière, je pourrais me chronométrer sous l'eau. Sur le cadran, il y avait même une trotteuse spéciale, plus mince et rouge, qui lançait le compte à rebours. Allez, c'était dit, la montre, je pouvais la garder. Si, si, il me l'offrait. A une seule condition, que j'obéisse en tout point à Isabelle, l'étudiante qui superviserait la recherche.

Un suicide inopiné sur la ligne de métro m'avait obligé à ressortir et attendre encore à l'arrêt du bus. J'inaugurais mal ma semaine de laborantin amateur. D'autant que j'avais rendez-vous aux confins d'un dédale de couloirs, dans les caves de l'Institut. Le planning ne souffrant aucun retard, Isabelle était déjà à pied d'œuvre. Je mis quelques secondes à m'habituer à la pénombre. Au fond de la pièce, une silhouette s'affairait près d'une table où trônait une sorte de caisson de plexiglas sans couvercle. De plus près, on distinguait à l'intérieur des lattes de bois peintes en noir qui cloisonnaient en tous sens l'espace et libéraient ici ou là d'étroites issues de quelques centimètres. C'était donc ça un “dispositif expérimental”. J'en avais déjà vu de semblables après que l'immeuble à côté de chez moi eut brûlé, suite à un court-circuit criminel. On avait proposé aux rescapés des maquettes comme celle-là : de petits appartements vus du ciel. A cause du surpeuplement sans doute, on préférait les reloger dans des modèles réduits, sans même un toit pour s'abriter de la pluie. Contrairement aux apparences, cet amalgame puéril n'était pas dénué de fondement. En effet, le labyrinthe dont je venais de découvrir le grossier assemblage reproduisait à l'identique l'agencement des pièces et des couloirs de notre propre appartement. Sur le moment, je ne fis pas le rapprochement. Mais avec le recul, je suis formel. C'était le même, à l'échelle d'un petit cobaye de laboratoire. Je ne veux pas croire que mon père ait conçu la chose à dessein.

Entre Isabelle et moi, les présentations furent sommaires. Pas le temps de s'appesantir, elle me tendit une feuille quadrillée et me résuma les instructions dans le creux de l'oreille. Puisque à partir de maintenant le moindre éclat de voix, choc intempestif, froissement de papier pouvait interférer avec l'itinéraire exploratoire des sujets. Quant à mon rôle empirique, je me contenterais d'appuyer sur mon chronomètre une fois le concurrent placé sur la case de départ et de noter sur la grille standard le temps réalisé sitôt atteint le point d'arrivée, un recoin où était disposée sa nourriture. Consigne subsidiaire : au-delà d'une minute trente, je devais lever la main droite, indiquer ainsi la fin de la tentative et consigner cet échec sous la forme d'un zéro barré. Je disposais aussi d'une lampe de poche dont je ne devais user que pour inscrire les résultats.

La première souris à peine introduite, une lampe rouge vif s'illumina dans une des galeries miniatures, puis s'éteignit et ainsi de suite, à intervalles plutôt irréguliers. Elle franchit une première porte, s'avança dans la galerie éclairée par à-coups, se redressa le long de la paroi transparente, son museau minuscule tout contre mon visage collé de l'autre côté du plexiglas. Ce face-à-face me prit au dépourvu. J'en avais même oublié de lancer le chronomètre.

– Ben alors ? Faut pas avoir peur comme ça…

L'impatience d'Isabelle prit un tour immédiatement blessant. Comment lui avouer le motif, assez risible, de ma déception ? Voilà, je m'étais fait à l'idée de petites souris blanches et, à la vue du premier spécimen, d'un pelage uniformément noir, j'avais perdu mes moyens. Inutile d'épiloguer sur le sujet, mon père m'apprit le soir même que cette souche de souris consanguines, les "Blacks B 52", possédait des ressources d'agressivité supérieures à la moyenne et présentait, en cela, un profil psychosocial mieux adapté aux extrapolations entre les mammifères inférieurs et ceux d'espèce humaine. Maman quitta la table à la fin de l'explication. Je venais de retirer un long cheveu roux de ma soupe, un des siens. Elle en perdait tellement à cette époque que j'aurais préféré voir mon père orienter ses recherches sur la calvitie féminine plutôt que sur l'agressivité supposée des races noires, d'hommes ou de souris. Je n'aimais pas trop qu'on extrapole là-dessus.

Ma première journée de labeur m'avait exténué. Quatre heures d'attention continue, sans bavardage aucun, tout en bridant la spontanéité du moindre geste, c'était beaucoup demander à un "élève rétif à l'effort qui gagnerait à contrôler ses nerfs", d'après le bulletin du premier trimestre. Un doute m'avait effleuré. Et si mes parents tentaient d'infléchir mon inconduite notoire au collège en m'imposant cet exercice d'autodiscipline extra-scolaire ? Quoi qu'il en soit, j'avais réussi l'examen de passage. Pas un ongle rongé en douce, pas une insolence maugréée l'air de rien, pas un battement machinal du pied sous la table. Du jamais vu, l'encéphalogramme presque plat, ce qui n'est pas de tout repos quand on doit résister à sa nature plutôt vivante.

Difficile pourtant d'en tirer une leçon pédagogique. Ces séances de rééducation bénéficiaient de conditions très particulières. La presque obscurité d'abord qui, traversée d'éclairs rouges, découpait le cheminement de la souris en étapes successives. Seuls les traits fluorescents imprimés sur sa queue faisaient le lien entre chaque image arrêtée. Un tel spectacle stroboscopique aurait déjà suffi à maintenir mon attention en éveil. Mais il y avait plus : les lèvres gercées d'Isabelle aperçues par bribes à travers les parois de plexiglas du labyrinthe, ou ses joues laiteuses tachées de rousseur sinon ses yeux allant et venant au fond de leurs arcades comme deux fauves en cage. Selon le jeu des transparences, nos regards, soumis aux aléas de l'expérience, se croisaient sans vraiment se voir. Ces face-à-face par souris interposée demeuraient fugitifs. Mais leur étrange neutralité me plongeait dans un état second. Le silence absolu où nous baignions donnait à la situation une intensité abstraite, hors du temps. D'autant que, alternant sans cesse l'observation rapprochée du dédale vitré et celle, au deuxième plan, du visage impassible de ma vis-à-vis, je finissais par osciller arbitrairement d'un spectacle à l'autre. Et par opérer aussi certaines superpositions partielles : petit museau vibrant à l'unisson de narines frémissantes. J'imaginais des rapprochements plus stupides encore. Le pelage d'ébène de la souris me semblait un triangle pubien arpentant un semblant d'entrecuisse inversé émergeant des deux pommettes saillantes d'Isabelle et convergeant vers sa bouche. On mettra cet effet d'optique passager sur le compte d'une affiche qui trônait depuis ma prime enfance dans le bureau de mon père. C'était un portrait de Freud. Rien qu'à le fixer, on voyait peu à peu se détacher des traits du clinicien à barbiche deux jambes recroquevillées, puis la large courbure des hanches avant que n'apparaisse l'ombre chinoise d'une femme dévêtue. On m'avait donc soumis, très jeune, à d'étranges fantasmagories.

Je venais de passer l'après-midi entière en compagnie d'une presque inconnue, sans échanger avec elle plus d'une ou deux phrases. D'emblée, ce huis clos muet nous préservait dans une intimité spéciale, mais qui ne reposait sur rien. A force de garder pour soi ses commentaires et de s'engourdir à la même place, chaque clignement d'yeux, bâillement ébauché, pincement de lèvres prenait une intensité déraisonnable. Cette pénombre inerte, surtout, rendait notre complicité épidermique. Faute de paroles, nous échangions de petits riens, entre frissons et moues. Il n'y avait plus que la peau pour s'exprimer dans ce silence à peine parasité par les allers et venues monotones de nos souris domestiques. Isabelle pouvait bien n'être que froideur et concentration, elle était d'autant plus à nu ; et moi, j'avais, sans un mot, passé outre ma timidité. J'étais tout entier dans sa présence.

Trois ans plus tard, j'allais connaître une sensation similaire en m'aventurant dans un peep-show de la rue Saint-Denis. Etait-ce le rose kitsch de l'éclairage d'ambiance, la cabine calfeutrée ou la strip-teaseuse qui plaquait son cul énorme contre la vitre teintée ? Je n'ai pas tenu plus de cinquante-six secondes, montre en main. Sans le prétexte d'une souris au milieu, c'était devenu l'expérience d'une frustration grandeur nature.

Au terme de chaque séance, Isabelle me raccompagnait à la bouche du métro. Cette délicatesse maternante avait quelque chose de vexant. Les ténébreuses après-midi passées ensemble, qui s'éternisaient comme des nuits blanches, n'y changeaient rien. A ses yeux, je demeurais au pire un chiard, au mieux le fils de son directeur de thèse. Mais j'en avais autant à son service. Isabelle n'était qu'une brunette passable qui, envisagée en pleine lumière, décevait par son teint fade, ses yeux marronnasses et un détestable petit nez retroussé. Quant à sa tignasse, passons. J'ai sans doute tendance à l'enlaidir rétrospectivement. A l'époque, la jeune génération, tout sexe confondu, portait la raie au milieu. "Retour au source d'une symétrie faciale primitive", avait tranché mon père. Il n'empêche, au lendemain de notre première rencontre, j'aurais pu éviter de supposer à voix haute qu'Isabelle sortait de la piscine. Même sans volonté de nuire, la gaffe n'en était pas moins irréparable. Ses cheveux, si gras de nature qu'ils en paraissaient trempés, méritaient plus habile compliment.

Je devine aujourd'hui les raisons de ma secrète inclination pour Isabelle. D'aussi haut qu'elle m'ait regardé pendant cette semaine-là, je pouvais quand même la désirer les yeux dans les yeux. Et pour cause. De plus de dix ans mon aînée, l'étudiante ne dépassait pas le mètre cinquante. Et encore. Quelques années plus tard, mon père m'apprit qu'elle souffrait d'un déficit de croissance osseuse, probable nanisme héréditaire compliqué d'un dysfonctionnement rénal. Sous dialyse depuis son adolescence, elle attendait que son petit frère soit majeur pour procéder à la seule greffe compatible, à condition qu'il accepte de lui céder un rein. Ce cadet providentiel devait avoir mon âge. Nul doute qu'elle ait alors reporté sur moi la passion ambivalente éprouvée à son égard : un amour distant parce que fatalement fusionnel. De mon côté, j'étais comme piégé par ce paradoxe érotique : une grande enfin à ma taille. Sa féminité mature, rapetissée à mon échelle, m'ouvrait des perspectives inconnues. A moins que, perdu dans ce labyrinthe sentimental, on ne me laissât que deux issues : être soit sa mascotte, soit sa bête noire.

Le jeudi 21 décembre 1970, en début d'après-midi, la mort d'une souris à mi-parcours mit fin à un premier cycle d'observation. Je dus saisir le petit cadavre par la queue et le jeter moi-même à la poubelle, tandis qu'Isabelle, comme tétanisée, me regardait faire. Ce décès venait de révéler un point faible de sa personnalité : la sensiblerie. Doublée d'une tendresse maladive envers les espèces animales. C'était d'autant plus inattendu de la part d'une clinicienne en ces domaines. N'importe, j'en profitais pour lui prendre la main dans le noir et l'agiter mollement jusqu'à chasser les mauvaises pensées qui la figeaient sur place. Je faillis même, dans un élan d'idiote sincérité, avouer la part de responsabilité qui me revenait dans cet accident.

En remplissant le petit bassin pneumatique du dispositif, je m'étais trompé de gobelet. Du coup, j'avais versé le reste de café au lait qu'Isabelle laissait toujours traîner sur le bord de la table. C'était sans doute en plongeant son museau dans ce liquide caféiné que la future victime, dopée à son insu, avait entaillé à pleines dents le boudin gonflable qui allait provoquer le fatal court-circuit. A ce propos, j'ai lu récemment – en reclassant les articles de mon père en vue d'une publication posthume – que la caféine altère les récepteurs de l'adénosine, substance qui met en communication nerveuse les impulsions de la douleur. Ce phénomène s'est d'ailleurs vérifié, le mois suivant, à l'occasion d'un événement presque similaire : quand ma mère, juste après son troisième bol de café matinal, a mis en route la machine à laver sans prendre garde à mon bain qui débordait. Elle s'est arc-boutée sous la décharge sans même un cri. Mais cela ne veut peut-être rien dire. Maman a ça dans le sang, taire ses douleurs.

Chacune des quatre-vingt-seize souris avait parcouru le circuit à dix reprises. Selon mes calculs, j'en comptais deux ex æquo sur la grille d'arrivée : quarante-trois secondes, record à battre. Une troisième descendait sous le seuil psychologique des soixante secondes. Quant aux autres, difficile d'établir le classement général. Au-dessus de la minute, peloton groupé, ça se jouait dans un mouchoir de poche. Passé ces éliminatoires, l'heure de la finale était venue. J'attendais ce moment avec impatience, les trois qualifiées sur la ligne de départ, puis au sprint dans le labyrinthe. Prenant mon rôle de chronométreur très au sérieux, je me préparais intérieurement à cette ultime compétition. Aussi dérisoire que cela paraisse, je m'étais fait à l'idée que nous testions ici les modalités de futures Olympiades entre athlètes à quatre pattes. Sans prendre la peine d'interroger Isabelle à ce sujet, tant cela me semblait relever d'une candide évidence. C'était ma façon d'échapper à l'emprise théoricienne de mon père : réduire sa science inhumaine à un concours de performances. Les obscures vérités qu'il cherchait à vérifier sur plus petit que moi, je n'en voulais rien connaître, je les niais d'instinct. Comment résister autrement à cette encombrante objectivité paternelle ? En me leurrant moi-même pour ne pas être sa dupe.

Ma collaboration avec Isabelle touchait à sa fin : le jour de la dernière chance. Dans l'entrebâillement d'une porte, je la surpris en train de sécher quelques larmes. Je crus un instant que ce chagrin anticipait nos adieux. Du tout, Isabelle pleurait ses "noiraudes", ses "petits rats", ses "riquiqui"…, selon une infinité de sobriquets débilitants. Le labyrinthe avait été entièrement démonté. Sur la table, à sa place, une dizaine de bocaux vides. Ma mère aussi en avait toute une collection dans la cave. D'anciens plats cuisinés, des confits de canard je crois. Les yeux fuyants, Isabelle m'indiqua la marche à suivre. Il fallait verser un décilitre d'éther au fond de chaque bocal, y introduire ensuite une dizaine de souris, bien tasser, refermer le couvercle sur le joint de caoutchouc orange et attendre que ça passe. C'était, avec les moyens du bord, un étouffoir étanche. Un crime parfait aussi, selon Isabelle, que cette tâche dégoûtait. Décidément, j'étais délégué aux basses œuvres. Qu'à cela ne tienne, je ne désirais qu'une seule chose : ne pas la contrarier. J'en aurais fait agoniser un millier sous verre, si elle m'en avait prié. Je serais le bourreau ; elle, la mauvaise conscience. Du moment que nous restions côte à côte, je me foutais bien du supplice qu'enduraient ces bestioles peu à peu gagnées par les vapeurs toxiques. Sans cruauté infantile ni gâtisme compassionnel, la chose m'indifférait. A ceci près que, d'instinct, je pressentais que les contradictions qui écartelaient Isabelle me seraient favorables. Je trouverais l'instant idéal pour la prendre dans mes bras, peser le pour puis le contre et sceller sa paix intérieure d'un baiser.

Je n'en avais encore asphyxié qu'une trentaine, mais c'était au-dessus de ses forces. Isabelle ne pouvait endurer la suite. Elle graciait les autres d'autorité. J'objectais timidement que les Romains aussi sacrifiaient leurs esclaves aux jeux du cirque. Et, en bon avocat du diable, je reprenais à mon compte une rengaine paternelle : "Hitler, en son temps, a créé une association de protection des grenouilles." Cette phrase me trottait souvent dans la tête. J'en devinais la puissance polémique sans maîtriser le fond du propos. Mais j'éprouvais un plaisir inédit à argumenter d'égal à égal avec Isabelle. La réponse fut cinglante. Ce genre de raisonnement spécieux la glaçait. D'ailleurs, elle avait déjà entendu ça quelque part. Je jouais au fils de mon père, petit perroquet du patron. Marche arrière, j'abondais aussitôt dans son sens. D'un commun accord, il fut décidé que nous libérerions les souris indemnes en pleine nature, le soir même. Si je voulais bien l'accompagner ? Evidemment. Jusqu'en 1971 si nécessaire puisque nous aurions un an de plus passé minuit. Au retour, j'inventerais un bobard pour mes parents. Rien qu'à énoncer mentalement ces mots, je me sentais à vif : découcher avec elle.

En attendant, Isabelle s'arma d'un bistouri, ouvrit un bocal et aligna les souris mortes sur la table. Couchant sur le dos un premier cadavre, elle coupa un petit appendice de peau rose qui dépassait entre ses pattes arrières. Il lui en restait presque trente à émasculer. Je n'en croyais pas mes yeux. Moi qui imaginais que les souris étaient, par définition même, du genre féminin. Comme les vaches à lait ou les poules pondeuses. Tout le contraire, notre lot ne comportait que des mâles, pourvus d'infimes testicules qu'Isabelle tranchait, dégraissait puis déposait sur le plateau d'une balance électronique. Je me contentais de noter les résultats sur le tableau noir, à la craie. "Poids des gonades", c'était écrit en haut à gauche. Encore un obscur synonyme pour ne pas appeler des couilles par leur nom et épaissir le mystère de cette stérilisation posthume. Après chaque pesée, je m'appliquais en silence sous la dictée d'Isabelle. J'aurais pu lui avouer mon étonnement, mais un orgueil mal placé, celui du presque adolescent dont j'achevais la mue, me déconseilla la franchise. Dans le domaine psychogénital, j'avais tant à apprendre qu'il était malhabile de révéler d'emblée l'étendue de mon ignorance. Ce n'est d'ailleurs que récemment, en parcourant les actes d'un colloque consacré aux "effets physiologiques de la situation de compétition", que j'ai réussi à combler cette lacune spéciale : la masse testiculaire s'atrophie à mesure que, en s'activant, les glandes surrénales sécrètent cortisone et adrénaline. La corrélation se vérifie à petite échelle sur les souris et, d'une manière plus générale, sur tous les cobayes en milieu sportif.

Une fois la castration en série achevée, restait à s'occuper des autres souris et rendre, comme promis, ces rescapées à leur écosystème. Certaines étaient isolées dans des cages individuelles, d'autres enfermées par paire dans des boîtes à chaussures opaques. Nous n'avions pas de caisse assez grande pour les contenir toutes. Mais Isabelle n'était pas du genre à se décourager pour si peu. Sans autre commentaire, elle me pria de l'accompagner jusqu'à sa 4L blanche, garée devant la porte de l'Institut. Le coffre et la banquette débordaient de babioles et vêtements en vrac. On aurait dit qu'elle vivait là, dans cette petite chambre à coucher dehors. Chauffage central à l'avant, penderie à l'arrière et baies vitrées panoramiques. L'autodomicile dont rêve tout apprenti fugueur. Je ne pouvais deviner que, fille de brocanteuse, l'étudiante arrondissait ses fins de mois en fourguant sa camelote aux puces. Isabelle sortit deux valises de son foutoir et les vida d'un vrac de lingerie rétro.

Une demi-heure plus tard, nous traversions Paris à moins de vingt kilomètres à l'heure de moyenne, d'après mes calculs. Isabelle m'avait fait jurer de tenir ma langue. C'était déjà ça, un secret à partager. J'en conclus naïvement qu'elle voulait donner à notre escapade ce parfum de clandestinité qui stimule le désir charnel, des suées glaçantes puis tièdes. Je ne me doutais pas qu'elle envisageait froidement les conséquences qu'aurait eues ma trahison. Un mot de trop à mon père et l'imposture serait dévoilée : l'expérience jamais menée à son terme, des résultats portant sur un tiers des sujets seulement, un bilan statistique faussé d'avance. Et sujet à de trompeuses interprétations. Isabelle tremblait pour sa carrière. Moi aussi, je tremblais, d'aise.

Le soleil hivernal n'en finissait pas de s'empourprer derrière la haie d'arbustes en surplomb. Les rougeoiements de ce crépuscule un peu kitsch nous replongeaient dans l'intimité souterraine de cette semaine passée ensemble. Nous parcourions l'allée d'un grand parc, celui de Montsouris sans doute choisi par esprit de superstition. Tel un couple de touristes égarés, Isabelle et moi portions chacun une valise, en attendant le moment propice pour disparaître dans un fourré. Il était en effet prévu de patienter là, à l'abri des regards indiscrets jusqu'à la fermeture : dix-huit heures pile en cette saison.

Le gardien vida les alentours à coups de sifflet, tandis que nous rampions à plat ventre au milieu d'un bosquet. Quelques minutes encore et les souris furent lâchées sur la pelouse en pente douce. Mais à peine s'étaient-elles égaillées sur le gazon qu'un pigeon, puis deux, puis dix leur fondirent dessus. Isabelle tenta bien de les éloigner, en vain. Par piqués successifs, ils en avaient déjà éventré une dizaine. Sous nos yeux commença le spectacle d'une véritable mutation : des ersatz de colombes rendus à leur instinct rapace. Et nos malheureux rongeurs domestiques livrés en pâture aux dures réalités de la sélection naturelle. Trop de bonnes intentions confinaient soudain à une sorte de sentimentalisme obscène. C'était le moment ou jamais. J'enlaçai le corps amolli d'Isabelle et lui volai un long baiser sur la bouche.

Mes mains flânaient bientôt sous son pull, déboutonnant le haut du chemisier, puis devinant à tâtons les deux bonnets d'un soutien-gorge. Disons qu'elle supportait mes errements épidermiques, mais sans y mettre du sien. Au moment où j'engageais ma jambe entre ses cuisses, je crus surprendre dans ses yeux comme un point d'interrogation.

– C'est pas pour te vexer, mais t'es pas un peu petit ?

Dommage, elle souffrait du même complexe de supériorité que toutes les vieilles filles de son âge.

De retour chez moi, à la fin du dîner, je n'eus aucune difficulté à justifier mon retard. J'invoquais une agression sur le quai du métro. Trois voyous m'avaient coincé à la station Etienne-Marcel et dépouillé de ma montre fétiche. Aussi idiot que cela puisse paraître, c'était vrai.

Vingt-cinq ans ont passé et mon amertume trouve aujourd'hui d'autres motifs de s'épancher ici. En archivant récemment les notes manuscrites de mon père, je retrouve à la date du 31 décembre 1970 ces quelques phrases griffonnées :

Après séparation du jeune sujet d'avec ses géniteurs naturels, l'expérimentatrice devient objet d'un transfert affectif. Si conditionnement réussi, elle subira manœuvres d'approche, puis assaut sexuel. S'en tenir au baiser du cobaye.

La suite, en partie indéchiffrable, empêche de se faire une juste idée du contexte. Même s'il semble qu'à la même époque papa avait déjà entamé un nouveau cycle d'études sur “la libido prépubertaire des macaques du zoo de Vincennes”.

Olivier Saison

On a découvert Olivier Saison (né en 1972) avec **Présents et autres orifices**, *un recueil de nouvelles édité par Le Serpent à Plumes qui imposait d'emblée une voix différente. Après un étrange roman,* **Knut**, *il a choisi de publier une longue nouvelle seule, toujours chez le même éditeur mais directement en poche,* **Lux**. *Son deuxième roman,* **La Résolution de Reyner**, *paraîtra à l'automne.*

Le Néon

Dès… et ce *dès* jeté, fatalement ça va commencer, quelque part par quelqu'un l'horloge s'est mise à tourner, ô Temps, petit temps, PITIÉ

Non calme calme tu te l'étais promis à toi-même… tu te rappelles… Alors, calme-toi, ménage la phrase, hiérarchise tes pensées : tu as une histoire, une chose à raconter. Le temps t'est compté, c'est précisément ce que tu dois dire, c'est bien le point précis qu'il te reste à éclaircir : “ces lignes, les pages qui suivront, n'ont qu'une valeur purement testimoniale”, cela, exactement. Or, si tu t'emportes, si tu *pars* trop vite, alors les aiguilles te talonneront, ton témoignage ne sera plus qu'une ligne plate, morcelée, sans intérêt – les aiguilles t'auront dépassé, tes lettres se seront affaissées en petits tas de sable muets.

Pour donner un intérêt à ta narration, il faut absolument commencer, non pas finir. Cet effroi, tu dois le décomposer. Si parfois le cri suffit, ici personne ne te voit ni ne te croit, et si quelque passant perçoit ton cri, il ne saura l'interpréter.

Ton histoire est pourtant simple.

Oui mon histoire est pourtant simple.

Dès mon installation, ma table, mon lit et ma chaise convenablement disposés, dans un angle ou dans un autre, l'impression que cet appartement n'était pas complètement vide m'a aussitôt… ce n'était pas les rares meubles laissés par le locataire précédent (pure conjecture : l'annonce disait “meublé”, rien de plus) ni leur aspect à la fois vétuste et… nouveau… inédit, ce n'était pas davantage la superficie du lieu ni l'horloge, ronde, vitreuse… L'endroit affichait alors une surface, sur le papier, de quarante-neuf mètres carrés pour un total de trois pièces : la pièce principale (la chambre-séjour), les sanitaires (en émail, très propre, robinetterie étincelante).

Le tout à un prix incroyablement bas : j'ai pu, avec mes économies, payer pour l'année entière, clause exclusive qu'exigeait l'agence peut-être en raison du loyer grotesque ; en outre elle devait estimer qu'on n'*habite* pas un appartement avant d'y avoir vécu au moins une année.

Cela fait neuf mois que je *vis* ici.

Je m'observais souvent sur le minuscule miroir de la salle de bains (pas le mien mais il fonctionne, je veux dire : il n'est pas cassé), immanquablement j'ai le teint terreux et deux cernes jumeaux éternellement fidèles : il m'arrive encore de plonger les yeux dans ses eaux désagréables et transies mais je ne pense alors qu'au désagréable de l'affaire, et je ne me vois plus. Tout, ici, s'est mis en tête de me prouver que je n'existe pas, pire : tout s'acharne à me prouver que je n'ai PAS DE PASSÉ, les murs me mettent leur nudité sur le dos – c'est vrai, je hais les photos.

Le parquet peut sourire, je hais aussi les tapis.

Certes mes pieds auraient moins froid, et je goûte depuis toujours le contact bruissant du tissu, essentiellement les fins, soie, surah, satin.

Dehors, quand je monte sur la chaise de mon bureau et considère la fenêtre, tout est blanc, mon être se met à trembler comme une feuille : il m'arrive bien parfois de distinguer quelques formes au-delà des frimas, une couleur plus sombre, un peu plus nuancée…

“Hewyt, dis-je alors à voix haute. Tu les inventes pour te distraire.”

Certes, en cette période, les flocons sont la seule population, mais si je monte sur ma chaise et scrute, ce n'est pas pour me “distraire”… Car il y a dans cet appartement un lieu voué à distraire.

Car il y a ici des choses qui distrairaient un cadavre.

C'est pourquoi je monte sur ma chaise, colle ma bouche au châssis scellé, et hurle.

Le parquet me dit : “Si tu avais mis un tapis, non tu n'aurais pas pris froid, non tu ne tousserais pas comme ça…”

Il sait bien ce que j'en pense.

Il est si dur de penser quand l'estomac se tortille – j'avais vécu et su tant de choses par le passé : je peux donner, de mémoire, en un claquement de doigts, l'étymologie de plusieurs dizaines de mots… J'ai ici un dictionnaire, dont je ne me sers que pour vérifier l'orthographe, le sémantisme mais jamais, jamais l'étymologie : la racine, le substrat, ils me viennent comme ça, hop, c'est inné, inutile d'aller consulter. Les souvenirs sont sélectifs entre eux, pas envers leur propre chaîne mnémonique. Un souvenir marche comme un nom : vous l'appelez et tout vient les jambes la tête le torse les bras, *ça, comment, pourquoi.* A cause de la fenêtre et du blanc, le jour, la nuit, une clarté lèche inlassablement les murs de l'endroit, excepté ceux de la pièce du fond.

Par exemple son étymon est °*cocina,* celui de "souvenir" est °*subvenire* – l'origine de "dès" est plus sombre : °*de ex,* peut-être, mais °*dei,* sûrement pas. Je ne me distrais pas. Je me rappelle l'avertissement préliminaire : évoque, ne panique pas.

Ici ce qui distrait déchire... je ne pense pas ne pense pas ne pense pas à ça

ménage la phrase

Seulement ça gronde TELLEMENT

Il me suffirait de me lever, de fermer ce cahier, de me diriger, d'ouvrir grand la porte blanche du congélateur. En arrivant j'avais pris mes dispositions pour l'année. Sait-on jamais, m'étais-je dit, si le froid perdure... si la migraine se lève. Le congélateur est plein à craquer.

Trois rôtis, cinq gigots, de la poitrine fumée, des tripes (ma tendresse pour la chair), onze saucisses, grande variété de fruits de mer, quantité de poissons (carpe, colin, loup, lotte, filets de turbotin), des crustacés, puis aussi les légumes, et les fruits exotiques (il reste au moins une mangue j'en mettrais ma main au feu), une grenade à pulpe sanguine, au centre capiteux, il me suffirait de l'ouvrir d'un grand coup sec, de mâcher et d'évacuer, plus tard, ailleurs, rien ne presse, cela sans le moindre hommage ni le moindre mémorial rendu à sa beauté passée.

hiérarchise tes pensées

Je pourrais même faire le compte des sensations : leur odeur, leur peau, leur goût sur ma langue (pas le temps, avancer mais doucement, doucement mais avancer).

Le cahier, c'est lui que j'ai trouvé en premier, il reposait à même le sol, parfaitement posé, faisant un angle parfait avec le coin du séjour : la couverture était abîmée ; à l'intérieur ses pages étaient intactes, vierges sur l'envers comme sur l'endroit – la poussière ne compte pas comme mot. Seulement à l'époque je ne voulais pas m'y mettre, pas déjà, je savais ce que ça déclenche.

La plume vient en deux, c'est ma deuxième trouvaille. Un matin, en tirant les draps elle a roulé à terre, répandant l'encre noire : j'avais passé une nuit atroce, je me suis penché pour la ramasser, la migraine m'a planté sa vieille lame... J'ai tressailli, j'ai donné du pied : la plume a glissé le long du couloir, vers la pièce du fond.

La plume était à présent dans la cuisine.

La dernière pièce.

Je me rappelle avoir tourné la tête et fait comme si de rien n'était, comme si je n'avais rien trouvé, comme si je n'avais pas fait mon lit de la matinée. Je me suis dépêché de tout défaire, je me suis couché, concentré sur mon cahier.

Elle brillait, là-bas, dans l'obscurité.

Je me mis à fredonner, mais elle brillait. Vers le soir, elle brillait davantage : les pages que je pinçais affichaient une blancheur obscène, ricanante (cette même clarté lisse, plane, que j'avais connue si douce et si certaine). Je baissai les yeux, le parquet exhiba la lente, inflexible traînée noire, encore humide, qu'avait laissée derrière elle la plume sur le parquet, attendant de sang-froid que je me mette à la suivre pour se résorber, redevenir tout fluide standard, neutre, innocent.

Je m'abîmai dans la contemplation du mur, entassant mes efforts à sa surface, et les ramassai morts, au pied du grand rectangle foncé qu'avait laissé un cadre, là, juste au-dessus de mon bureau, en plein dans l'axe de la chaise que quelques mètres seulement séparent de mon lit car l'endroit est difforme, la cuisine tient les deux tiers de la surface ; la chambre-séjour, les sanitaires : à eux deux, quinze mètres carrés. L'annonce était restée muette à ce sujet. Dans les premiers temps je répétais pour me rassurer : c'est normal il faut manger ça ne suffit pas un cahier, après avoir trouvé une plume ça ne suffit pas, il est normal prévisible que la pièce où l'on doit manger soit proportionnelle à la place que le manger occupe au sein de l'humiliant podium de la petite ontologie, alors pourquoi je vous le demande accorder tant d'importance à ce qui ne se voit pas ne se boit pas ne se mange pas, oui même si ce goût, sur ma langue, perd peu à peu de son amertume, de l'acrimonie qui le caractérise pour se détendre, s'épanouir, libérer une saveur plus corsée, plus accorte, plus *arrête ça*

Cette plume, il me la fallait.

J'ai posé le cahier, je me suis levé, suivant la ligne noire, sur le parquet.

La cuisine était plongée dans la pénombre.

Je distinguais, de l'autre côté, l'ombre trapue du grand congélateur, au sol, la mosaïque passée des carreaux ; plus haut, courant sur toute la longueur du plafond, le gros néon.

dis-le

J'apercevais à présent la grande table faisant face à l'évier et à sa pyramide d'assiettes sales, séparés par une dizaine de mètres de sol froid, lisse, plat

dis-le

je levai la tête : en haut, le verre luisait, paisible, soumis à nul éclat sinon celui de sa propre vie

dis-le

comme si le tube renfermait les scènes qu'on l'avait forcé à éclairer, comme si à la formule du gaz

dis-le

s'était combinée celle du souvenir

Ma main rencontra la petite plaque sèche et tiède de l'interrupteur.

J'appuyai.

Une teinte orangée partit de l'extrémité la plus éloignée et parcourut le cylindre, ralliant l'autre plot. Il y eut un faible grésillement, suivi d'un grondement sourd.

Un éclair blanc irradia la salle, se brisant sur les blondeurs échevelées, sur les bouches béantes et le fer des casques, éblouissant les flaques où trempaient les pans déchirés des trois tuniques – le prêtre sortait la dague de sa toge – les soldats les amenèrent l'une après l'autre, inertes, la gorge et le sein pâles, tête rejetée en arrière, l'œil révulsé ; la toile craqua, la lame se mit à couler, la paume se protégea, deux masses de chair molles heurtèrent le sol, une deuxième paire, une troisième ; on tourna les vestales, les fit se pencher, les tuniques s'affaissèrent, un paquet de chair se détacha, tomba, puis sa partie jumelle, un deuxième, un troisième : douze coussins pâles surnageaient maintenant, exhibant mamelons, stries, poils, grains de beauté ; on coucha les corps sur l'autel, leur tînt les cuisses ouvertes en attendant la main rouge du prêtre qui déjà se penchait, délimitant de sa pointe le long rectangle promis à l'infernal néant des êtres sans sexes, là-haut le deuxième éclair retentit en rebondissant sur l'arête froide et métallique du congélateur

une ultime goutte perla du robinet et explosa en percutant le bord de l'assiette.

La pièce résonnait d'un ronflement statique, monotone.

Je ramassai la plume, éteignis et sortis sans me retourner. Le gaz néon est un gaz rare, trois secondes suffisent à l'embraser.

Je m'étais assis à mon bureau, avais posé le cahier et la plume à plat devant moi.

et tu t'étais mis à pleurer, Hewyt

Oui.

C'était la première fois… Après j'ai su prendre sur moi, je me couchais et me bornais à oublier ce que j'avais vu, ce que le néon m'avait montré.

Pour cela, je scrutais le rectangle foncé vacant au-dessus du bureau et parce que revenait l'image du sol froid, lisse, plat, la mosaïque passée, l'épaisseur floue, confuse, de vide gris qui s'interposait se dressait entre la table la vaste table et l'évier, grimpais sur la chaise et regardais tomber le blanc, dehors.

Le blanc flou, confus.

Puis j'en ai assez, descends de ma chaise, jette un œil au cadran vitreux de l'horloge ronde.

Je suis certain qu'elle ment.

Elle marche ses aiguilles tournent mais elle simule – pas si absolue que son battement le prétend.

Je sais ce qu'elle me dit, à travers sa fine métronomie. Elle me dit que je m'ennuie, tu aurais besoin d'une *distraction*. Alors je secoue la tête, je la fixe, et secoue la tête, je fixe la fenêtre, et je secoue la tête : je fixe le parquet, je fixe les murs, et je secoue la tête.

Et quand je secoue cette tête je sens bien que je retiens ce pantalon qui tombe – c'est là qu'ils se mettent à rire, un frisson m'envahit alors parce que je sens qu'au bout du couloir, la dernière pièce guette ma faim, la faillite de mon espoir.

J'adapte seulement la ceinture et m'installe à mon bureau, je fais un peu de place, dispose avec soin mes autres trouvailles – chronologiquement dans un premier lieu : après le cahier, après la plume. Mais tout de suite, de manière spontanée, délibérée, la juxtaposition les rend logiques absurdement agressives. Contraint forcé je les permute combinant jusqu'à ce qu'elles ne signifient rien, qu'elles me laissent en paix.

Quoi qu'en pensent les intrigantes, je serai fidèle, fidèle à *ma* chronologie des faits – et dans ce cas le drame peut attendre.

Installons-nous, donc, et entamons sereinement l'inventaire.

Ma troisième trouvaille : chaussure fine élégante, à semelle mince, largement découverte sur le dessus avec ou sans talon, tout ça n'a pas d'importance, je l'ai faite peu de temps après la plume – dans la lignée pourrait-on dire – si bien que l'objet m'a aussitôt paru *rapporté* de quelque part, alors qu'il était bien là, c'était le moins qu'on puisse dire, je l'avais sous les yeux, debout sur mon bureau, fixe, présent comme tout référent, cet escarpin, sa petite pâte fine polissée par la marche.

Il y avait là la semelle, et même les lanières, la petite boucle, comme il y avait la finesse et l'élégance, tout, absolument, était là : on pouvait sentir l'odeur du cuir la ductilité l'ergonomie la chaleur un peu humide qui en émanait. Comme le cahier ou la plume, l'escarpin se suffisait à lui-même.

tu ne dis pas tout

Du moins se serait-il suffi à lui-même. Seul, il ne voulait rien dire, ou pas grand-chose, pas assez, toujours le même problème : sa valeur est à l'aune de son utilité alors, seul, à quoi servait-il, lui ?

Plus je le regardais, plus je trouvais cet escarpin inabouti.

J'y viens quelle utilité sinon ? Le fait est qu'il fallait bien trouver l'autre, son sosie, parce que seul un sosie, un sosie précis, pouvait lever l'aura trouble qui l'enveloppait. Le fait est que, d'une certaine façon, il fallait qu'il soit deux pour exister (comme la plume et le cahier). Deux, pour exister. Sinon, bancalité.

Le fait est que le jumeau de l'escarpin…

J'avais fouillé partout, dans mon lit, sous la table de travail, dans chaque angle, sous chaque poussière, il ne restait plus qu'un endroit.

Une seule pièce.

déjà ?

Je ne voulais pas y retourner, pourquoi y retourner, même le ventre se taisait au seul son de son nom… J'ai tenu, tenu, tenu, ténu.

Mais l'autre, il me la fallait – ma chose, il fallait qu'elle existe.

Je suis descendu de ma chaise, je suis passé devant les murs et devant l'ancien cadre, je suis passé devant l'horloge, je suis passé devant le parquet – j'ai suivi la longue ligne, celle qui filait sombrement, sèchement comme une ligne de sable, à l'autre extrémité du couloir.

La cuisine était plongée dans la pénombre.

Je distinguais, de l'autre côté, l'ombre trapue du grand congélateur, au sol, la mosaïque passée des carreaux ; plus haut, courant sur toute la longueur du plafond, le gros néon.

La grande table, face à l'évier et à sa pyramide d'assiettes sales, séparés l'un de l'autre par la dizaine de mètres de sol froid, lisse, plat.

Je levai la tête, regardai le tube, appuyai.

Il y eut un grondement.

Il y eut l'éclair blanc.

L'éclair blanc irradiant les parois, blanchissant le sol, les carreaux, les angles et l'écho de la voix qui se mordait la lèvre en geignant sourdement, ses ongles, ses phalanges pâlissant étreignant le bord vacillant de la table, vaste blanc qui esquissait le contour grossier des trois ombres se contorsionnant en son sein, menacées par le débordement blanc qui déjà rongeait les doigts les méats, noyait la pupille, la lisière du cheveu, chaque espace, chaque parcelle de face épargnée par le fard puis le rose, le rose, rose cramoisi de la bouche riant parcourant sa nuque, violacé des tétins tournant entre les doigts, sanguin du sexe se drapant des dentelles nerveuses, sanguin de la lèvre craquelée par le coulissement de l'air, carmin obscur du filet lui coulant à l'intérieur de la cuisse telle jarretelle luisante liant la peau marbrée parfois bleutée à la maille élastique et filée enserrant la jambe, carmin criard des marmonnements des hoquets halètements lancinants, des jurons injonctions des supplications, mais rouge mat plastiquement clos et borné de l'escarpin seul resté chaussé qui râclait, claquait, crissait sur le sol, alors que le beige racorni du cuir encore chaud du sosie gisait sans ingérence sur le flanc, à quelques pas respectable distance des poussées, projections, laissant voir du pied démuni la vulgarité rouge dix fois réitérée sous les lâches fronces de la soie, et cependant le pneumatique rouge lisse et rond des lèvres autour du deuxième membre, rouge lisse et rond des lèvres autour du troisième membre, faisant défaisant sur fond blanc leur hasard de tournures, géométries sans queue ni tête ni traits ni rien, simple coagulation de soie, froufroutement moussu des muqueuses, pénible emboîtement

des noms, des terminaisons, ossements vacants dans le gaz rare et muet du néon.

Je me baissai, ramassai l'escarpin, éteignis, l'emportai, loin.

Le posai sur le bureau, enfouissant le visage au fond des bras.

Les aiguilles. Elles avaient bougé.

Le dictionnaire était là : si j'avais eu une flamme…

Je le tirai vers moi, humectai mes doigts, l'ouvris, saisis la première page et commençai.

Cela prit du temps, me permit de me détendre – sacré Hewyt, toujours crispé.

tu y retourneras

Je me levai, bâillai, surprenant mon sourire qui s'étirait sur le cadran vitreux de l'horloge ronde.

Sur le bureau, surplombant les boules de papier qu'elle semblait contempler, pointant du bout la virginité des pages, il y avait la paire de chaussures, et le cahier ouvert sur lequel était couchée la plume.

Je me dégourdis un peu les jambes en tenant mon pantalon, grimpai sur la chaise en entonnant un air nouveau, regardai par la fenêtre.

Et puis, nulle n'est éternelle.

Même les cernes, sur le cadran, se voyaient à peine.

Je réintégrai ma place à mon bureau, confortable sur ma chaise, contemplai un temps mon cahier, m'emparai de la plume, la contemplai un temps (fine plume, très magnifique instrument, on en avait écrit des mots avec ça, des phrases entières, pas des moindres), contemplai ma table de travail égale, plane, lisse, blanche, écoutai les gargouillis de mon ventre.

Moi, je te frustrerais ?

Il y a tant de choses dans le congélateur.

Il en reste tant : je ne me serais pas ruiné pour rien, d'ailleurs je ne regrette rien *rien ?* j'ai toujours été de nature prévenante, je me rappelle même que ma – famélique malgré tout, ça personne n'a besoin de me le dire, je le sais, l'ai toujours su – il y a des choses qu'on sait, ça arrive. Il n'y a aucune honte à le dire. C'est mon opinion, ça : tout dire, toujours, ne rien passer sous silence.

Eh bien allons-y… Je ne suis pas de nature à…

Je posai la plume, fermai le cahier.

Le parquet me regardait.

Je me suis levé, puis je suis tombé.

Je me suis réveillé, étendu sur le parquet, au pied du bureau, un brouillard gris avait envahi la pièce : un brouillard épais, confus, de cette race qui recèle quelque chose mais celui-là ne cachait rien – l'objet saillait ouvertement à travers les volutes.

J'ouvris les yeux : deux petits volumes étaient posés sur mon bureau, dos au mur.

La crampe passait ; je pris appui sur les paumes, me redressai doucement, le crâne pesant, me dépêtrant de mon inconscience, plein de brume ; je passai mon doigt sur ma lèvre sèche, plissai les yeux.

Deux volumes pleine peau, reliure cuir rouge.

Des caractères dorés, sur la tranche…

Ma cheville craqua comme je me mettais sur pied en m'aidant du bureau, risquant de tout faire tomber (deux tréteaux et une planche lui suffisaient à justifier son nom, il portait qui plus est les livres attendus), les attrapai du bout des doigts et inspectai la tranche, où se serraient, ramassés, frigorifiés, les petits caractères flous – de toute façon je savais ce qui était imprimé, ces deux livres c'était les miens, du moins les avais-je achetés, il y a un bail, pourtant je voulais vérifier une chose, juste une…

Je tournai la page, soupirai – ça se confirmait.

Je réprimai une grimace de dégoût en tombant sur une des illustrations, les connaissant j'aurais dû prévoir.

Car je les avais lus et relus ces livres, dans l'ordre comme dans le désordre (chacun des volumes du triptyque se suivait mais l'on pouvait biaiser).

La lecture du tome III qui n'était pas, loin s'en faut, le moins important, je l'avais interrompue un jour, afin de liquider un peu de la vaisselle qui me contemplait du haut de sa pyramide.

Combien, depuis que je suis ici ?

peu, très peu, il y a parfois de brèves raisons à ce qui semble long

Quand je suis sorti de la chambre pour emprunter le couloir, l'encre de la plume, sur la patine vitrifiée du parquet, me parut plus sèche que jamais. Mon cœur battait, mais j'étais serein, l'esprit reposé par le désir du livre. Pourtant, quand j'approchai de la cuisine, quand j'entendis les murmures, les petits rires étouffés…

La cuisine était plongée dans la pénombre.

Mais je distinguais, de l'autre côté, l'ombre trapue du congélateur, au sol, la mosaïque passée des carreaux ; plus haut, courant sur toute la longueur du plafond, le gros néon – j'appuyai, il crépita, éclaira – plus bas, adossée à la table, une femme rousse riait au nez d'un homme, le teint pâle, les cuisses entrouvertes, sa poitrine se soulevant au même rythme que son ventre. La femme se caressa le sein et secoua la tête en souriant. L'homme haussa les épaules et prit l'autre sein dans sa main. La femme ne souriait plus – elle s'assit sur la table d'un mouvement du bassin puis tendit les lèvres, auxquelles l'homme apposa les siennes, il remua un peu les reins, et la femme gémit. Elle ferma les yeux. Une de ses chaussures s'échappa, heurta le sol dans un bruit mat. L'homme fit volte-face. Elle éclata de rire et le gronda – l'homme fronça les sourcils – le prit par la verge et l'emmena près du congélateur sur lequel elle s'assit en faisant la grimace. La verge disparut entre ses cuisses, l'homme lui caressa les cheveux, elle sourit. Elle jeta un œil à la fenêtre, vers le ciel cotonneux. Il allait neiger.

“Je t’aime”, murmura-t-elle.

L’homme acquiesça avec lenteur – elle l’entoura de ses jambes, le regarda attentivement. Il se mit à crier, la femme ferma les yeux ; ses cils roux frémirent, ses lèvres s’espacèrent, se refermèrent – de nouveau souriantes.

L’homme ramassa la chaussure et la lui tendit – il tourna soudain la tête, la lâcha

Le néon.

crépita

coup de fouet sur le sol grésillant

plus fort qu’un insecte

qu’un homme

Qu’as-tu fait ? Tu es sorti de la cuisine, tu as traversé le couloir, en suivant la petite ligne rouge, puis tu as rejoint la chambre-séjour ; tu t’es assis à ton bureau, y as fait un peu de place et tu as mis la trouvaille à la suite des deux autres…

Tu as levé la tête, jeté un coup d’œil par la fenêtre, puis tu as pris un tome, au hasard.

Affronts faits à la femme : de l’Antiquité à nos civilisations contemporaines. Tome I.

De loin mon favori. Le plus sobre : pas d’illustrations (pas d’images filmiques).

Le plus court. C’est mieux.

C’est plus adapté à la situation.

quelle situation ?

La mienne pardi.

Celle d’un homme assis à son bureau, en train de lire un livre – son livre préféré, qui plus est. Et ce livre renferme une histoire.

Je ne crois pas pouvoir mieux décrire ma situation.

D'ailleurs je n'ai plus rien à dire.

Non je n'ai plus rien. A dire.

Mais je suis très bien comme ça – je m'adapte.

Peu à peu, je prends conscience de choses *tu sais bien* et m'en accommode. Bien sûr que cette plume, là, est débile : réservoir épuisé. Ce petit cahier, sa couverture abîmée, que j'ouvre, que je consulte, est noirci, barbouillé comme mon ventre. Mes membres, ils semblent flotter autour de leur centre : ils sont grands après tout. Je suis excentré, mais je le sais. La fatigue. J'en suis conscient. Pas dramatique… J'ai le temps, à présent. Ce livre, au demeurant, semble passionnant.

Je peux décrire à la rigueur : la buée sur les carreaux ; le rectangle foncé sur le mur ; le prénom à l'intérieur du livre ; le cadran vitreux de l'horloge ronde. Non, vraiment…

J'ai fait ce que j'avais à *tout dire* dire, j'ai rempli mon contrat. Testimonial (testimonial, testamentaire, testimonaire, étymon non attesté).

La racine a quelque chose à voir avec le nombre trois. Un de trop.

Pour le reste, le cahier suffira – le reste ?

Il ne reste rien, ni traces, ni scories, ni reliques. Rien. Je suis formel. Tout dire… C'est une plaisanterie ?

Cette cuisine, c'est une distraction – oui, la seule, étrangement…

… ma distraction, ma seule douleur.

et le fantasme, ta seule fenêtre ?

Non, pas un fantasme. J'aurais tellement préféré… Ces preuves, je les ai là, sous la main, d'ailleurs il y en a partout, cet endroit en est plein, tout ici en est, moi compris. Il ne me reste plus rien à faire, donc *si, tu as oublié quelque chose*

Sinon aller éteindre la lumière, dans la cuisine. D'ailleurs j'ai mal aux yeux : le cahier, ces lueurs… Tout ce ronron au-dessus de ma tête, insoutenable. Je ne me plains pas – je hais toute ironie, ne trouve pas ça honnête. Vraiment mal aux yeux, à la cornée. Brûlée, elle me fait souffrir. Se venge, ou venge. Une certaine faiblesse aussi, à me soutenir. Sous le cadran vitreux, des aiguilles enrayées. J'ai froid aux jambes, mon pantalon sur les chevilles.

Même lui ne m'empêchera pas de sortir, de suivre la ligne rouge, en pointillés. Dans le couloir, j'essaierai de marcher sur la pointe des pieds, en me tenant à la paroi lisse et déjà tiède, parce que le parquet soudain me semblera fragile.

Il y a de la lumière dans la cuisine.

Mais pas un bruit – juste ce léger bourdonnement.

On a envie de se montrer très respectueux.

Le congélateur, la table, l'évier, le néon, tout est là, présent paisiblement.

La femme rousse aussi, étendue sur la mosaïque passée du carrelage, si froid sous mes pas. Et cette vaisselle sale, dans l'évier, ses couverts blessants… Je préfère m'agenouiller, la tenir serrée contre moi. Ses petits pieds aussi sont glacés.

Un frisson ridicule me traverse, je lève la tête.

La blancheur se retire de l'extrémité la plus proche, parcourt le cylindre, rallie l'autre plot.

Le néon s'éteint.

PATRICK CAHUZAC

Patrick Cahuzac (né en 1963) a choisi d'arrêter ses études à 17 ans pour se consacrer à l'écriture. Il a publié un premier roman, **Parole de singe**, *chez Gallimard en 1990, suivi d'un deuxième,* **L'Energumène**, *en 1996. Son engagement auprès du mouvement des sans-papiers l'a conduit à prendre des initiatives nouvelles comme la création d'*Inventaire/Invention, *une revue littéraire électronique qui verra le jour sur le Web à l'automne.*

Le Désert de Brest

Cesse de me poursuivre, ce n'est pas ainsi
que tu apprendras ce que je suis. Viens,
si c'est la mort que tu désires, mais la mort
ne te rapprochera pas de moi. Oublie-moi.
P. Sarramagne, *L'Absolu*

Les taches de lumière firent surgir dehors, dans la nuit, des figures irréelles et menaçantes.

L'homme debout près d'Hélène aurait aimé croire qu'elle s'était endormie, comme il aurait aimé s'approcher doucement et toucher son bras, afin, peut-être, de donner à ce voyage impersonnel une chaleur bien tardive. L'homme ignorait ce que deviendraient le son, le ton de sa voix, la pression de sa main sur l'épaule de la femme mais l'hésitation s'évanouit enfin, comme un léger brin de neige tombé sur un corps.

– Le train ne va pas plus loin, madame. Est-ce bien ici que vous deviez descendre ?

L'arrêt fut brutal. L'homme à l'anorak rouge se retira plus vite qu'il ne s'y attendait, surpris par l'expression du visage de la jeune femme qui ne dormait pas. Sans doute, tandis qu'il s'éloignait, ne l'entendit-il pas répondre *oui, c'est ici.*

L'express de vingt-deux heures était, ce 27 octobre, le dernier train annoncé en gare de Dieppe et personne n'attendait celle qui, en arrêt sur le marchepied, regardait maintenant à droite et puis à gauche. D'un côté, il n'y avait rien que la nuit constellée de feux rouges et violets, de l'autre, les derniers voyageurs entraient dans le hall.

Avait-elle aperçu la casquette d'un contrôleur se diriger vers elle ? Je ne sais pas mais c'est bien à l'instant où l'employé de la SNCF ouvrit la bouche pour lui parler qu'elle se décida à longer le train vide, vers le hall et puis vers les portes du hall.

Dehors, elle parut hésiter encore sur la direction à prendre, mais elle s'engagea sur la gauche, le long d'une sorte de boulevard où les voitures avaient plaisir, aurait-on dit, à l'éblouir. Elle marcha longtemps. Un petit sac pendait au bout de son bras.

A Dieppe, ces heures de la nuit étaient d'une incomparable tristesse et il n'était pas rare que les rues se retrouvent, dès sept heures, complètement désertes. Mais cette nuit-là, non. En plus d'un homme qui s'en allait vers le bar de la Gare, il y avait cette femme sonnant à la porte de l'hôtel Cyrnos.

Avant d'ouvrir, le gardien de l'hôtel la dévisagea sans aucune retenue. Il eut un geste curieux, de la tête, comme une invitation à s'en aller plus loin. Elle le voyait à travers la porte vitrée où étaient apposées toutes sortes de vignettes collantes.

Dans son dos, sur le trottoir, il y avait de grandes taches d'eau noire et un chien.

L'homme de l'hôtel ouvrit la porte. La jeune femme entra tandis que l'homme l'interrogeait à propos de ce chien qui traînait sur le trottoir. A ses questions, elle répondit que non, elle ne connaissait pas ce chien. Elle désirait une chambre pour quelques jours. Les lèvres épaisses de la bouche du gardien formaient consciencieusement les mots des questions qu'il posait, l'une après l'autre. Non, elle ne savait pas exactement combien de temps elle resterait à Dieppe mais elle était un peu fatiguée et, maintenant, elle aimerait bien monter dans sa chambre, si c'était possible. Elle acheva de répondre aux questions de l'homme détendu maintenant, rapport au chien, en donnant un nom qui n'était pas le sien. Hélène Dutriez. Elle l'entendit répété par la bouche du gardien tandis qu'il écrivait ce nom sur un registre.

Il ajouta ce qu'il fallait savoir pour trouver la chambre, là-haut. Elle remercia, mais après s'être dirigée vers l'escalier, Hélène Dutriez se retourna :

– Y a-t-il une douche dans la chambre ?

L'homme répondit que oui.

Hélène monta l'escalier.

L'hôtel Cyrnos ressemblait exagérément à un chalet suisse. Les murs étaient recouverts de plaques étroites d'un bois sombre, le plafond lambrissé. Hélène avait laissé glisser sa main libre sur la rampe, tandis qu'elle attendait qu'un mot d'explication soit avancé par le gardien. Mais non. Et ses pieds, droit puis gauche, avaient continué de faire craquer le bois des marches. Le bruit sec, cependant, avait lui-même quelque chose d'alpin.

Dans la chambre, Hélène Dutriez put reconnaître cette identique transposition des montagnes suisses. Le bois ciré se montrait partout où la jeune femme posait les yeux, en plus de ces fleurs artificielles, en plastique rouge et vert, qu'elle avait déjà remarquées dans le couloir, où elles pendaient, mal fixées au mur. Hélène ne toucha à rien, la fenêtre mise à part, qu'elle ouvrit, pour s'assurer, peut-être, que Dieppe était bien là, dans la rue.

A Dieppe, Hélène sortait peu de sa chambre et toujours au petit matin. La lumière était belle à cette heure. Elle trouvait alors assez de courage pour rester simplement dehors, assise sur un banc ou bien marchant sur le boulevard qui longe la mer ; mais il y avait dans l'air de chacun de ses premiers jours dans la ville quelque chose qui brûlait trop vite et s'épuisait subitement. Peut-être était-ce cela qui lui faisait si peur, la disparition de toute force. Aussi Hélène rentrait-elle bientôt à l'hôtel Cyrnos où elle reprenait sa place dans le fauteuil d'un minuscule salon jaune.

Durant la journée, le veilleur cédait son poste à une jeune fille qu'on employait là pour faire un peu de ménage, un peu de gardiennage. Un peu de tout. Mais ce tout ne l'occupait qu'assez médiocrement car Hélène Dutriez n'était pas salissante. Passant et repassant l'aspirateur dans le petit salon jaune, la jeune fille n'avait pas attendu trop longtemps avant d'adresser la parole à celle qu'elle appelait madame Dutriez en toute innocence. Hélène n'avait pas davantage hésité à répondre aux questions de ladite Sonia Ballade.

– Vous habitez à Paris ? demanda-t-elle enfin.

– Non, mademoiselle. Je vis en Egypte.

– Oh ! Parlez-moi de l'Egypte !

Hélène parla longuement du Caire et de l'Egypte. Elle fit une description précise de son palais sur le Nil, de ses promenades dans les rues populeuses. Elle s'attendrit en évoquant ses enfants qui grandissaient dans un jardin plusieurs fois millénaire.

Toute cette histoire insolente à force de surnaturel plaisait davantage à Sonia Ballade que celles qu'elle aurait pu lire dans certains magazines qu'elle aimait bien cependant.

– Sans doute ne resterai-je pas longtemps à Dieppe, avoua-t-elle un jour. J'ai profité d'un voyage à Paris pour venir revoir ma vieille amie Hélène Raël, qui habite une petite maison sur la route de Varengeville. Il paraît qu'elle s'est absentée. On n'a pas su me dire quand elle reviendrait.

Les deux jeunes femmes passaient à bavarder un temps qui peut paraître long dans la journée d'une employée d'hôtel. Mais, en vérité, Sonia Ballade n'avait rien de mieux à faire. Pourtant, un matin, Sonia Ballade fut lasse de l'écouter, et il ne se trouva plus personne, à Dieppe, pour faire oublier à Hélène Dutriez qu'Hélène Raël était bien de retour chez elle, après une longue absence.

La ville se dessinait comme un lieu familier auquel Hélène était pourtant étrangère. Elle reconnaissait les rues, les commerces du centre, il lui semblait aussi, par instants, reconnaître les gens. Mais tout cela ne lui appartenait plus, comme elle n'appartenait plus à rien.

Certains jours, Hélène se laissait aller à craindre de ne plus sortir de la chambre. La peur était alors infinie, un mur dressé devant elle. Quand la peur et le désarroi faiblissaient,

Hélène disait parfois *ce retour, je l'ai voulu* en prêtant à ces mots la vertu magique des aiguilles d'un sorcier. Elle répétait longtemps la petite phrase.

Mais souvent, elle restait sans rien dire étendue sur la courtepointe jaune de son lit, fixant les fleurs rouge et vert et le petit tableau Vue de Saint-Moritz, accrochés au bois.

En vérité, l'eau de la douche glissant sur son corps et ses cheveux avait seule le pouvoir de lui rendre un peu de ce courage qui s'évanouissait trop vite. Quand la force revenait, Hélène, sans réfléchir vraiment, cherchait à se convaincre d'aller un peu loin, jusqu'à cette maison sur la route de Varengeville, peut-être, se convaincre surtout que sa vie ne s'arrêterait pas à ce naufrage dans les montagnes suisses.

Hélène n'avait jamais su dire à quiconque pourquoi elle avait quitté Pierre et Dieppe et sa vie tout entière, il y avait trois ans de cela. Elle n'avait jamais trouvé le mot qui aurait pu être sa justification à elle. Elle avait quitté Pierre car son amour pour Pierre l'avait emportée loin de Pierre, loin de tout, pensait-elle, et la pensée d'Hélène ne pouvait aller plus avant car elle voyait toujours le corps de Pierre, couché nu sur les draps, endormi, ce soir-là vieux de trois ans. Ils s'étaient aimés tout l'après-midi. Hélène l'avait regardé longtemps avant de s'habiller, avant de partir aussi, sans dire un seul mot.

Hélène avait fui tandis qu'elle-même n'aurait su dire vers quoi. Elle avait atteint Paris, puis Brest, par le train. Avait-elle cru qu'elle se donnerait à Pierre plus entièrement loin de lui ? Elle se souvenait des hommes qui l'avaient prise, à Brest, en voulant lui faire accroire qu'ils n'étaient pas des amis de Pierre. Elle se souvenait comme elle avait ri. Elle se souvenait comme elle avait bu, du côté de l'Arsenal.

Sans doute se dirigeait-elle ainsi bien vite vers la mort. Mais ce n'était pas la mort qui l'attirait mais bien le nom de Pierre, qui ne savait plus rien d'elle. Ce nom occupait son corps, occupait sa tête et c'est à lui qu'elle consacrait chaque seconde, chaque minute passée à Brest. Elle murmurait ce nom, elle le fredonnait et le criait parfois au visage des dockers du port qui voulaient être tendres avec elle.

Mais il arriva bientôt qu'Hélène se brisa, petite boule de verre tombée d'une fenêtre. Les cris d'Hélène, perdue dans la ville, hurlant comme une folle le nom de l'homme qu'elle adorait, la laissèrent sans force, épuisée, devenue lettre morte, soudain, dans ce désert de Brest où Hélène avait espéré pouvoir boire au nom de Pierre comme à la source des sources. Elle sentit qu'un trou immense venait de se creuser en elle. Si autour d'Hélène un feu avait brûlé, elle s'y serait jetée sans attendre, mais il n'y avait là que les gens de Brest et leurs yeux pleins de crainte.

Ce soir-là, Hélène fut transportée à l'hôpital de la ville. Les médecins ménagèrent si peu leur effort qu'après quelques heures Hélène s'était crue morte. Mais non, ce n'était pas ça, quelque chose en elle avait survécu mais Hélène ne savait pas ce que c'était.

La police n'avait pu mettre la main sur la carte d'identité d'Hélène, aussi s'intéressa-t-elle beaucoup à la jeune femme hospitalisée. Le lendemain de son admission, l'inconnue fut interrogée et ne répondit pas. La police se présenta chaque jour et devant le silence d'Hélène qui ne finissait pas, elle montra de l'impatience. Enfin, les médecins demandèrent aux policiers de disparaître jusqu'à ce que Mlle X retrouve ses esprits et c'est ainsi qu'Hélène demeura seule derrière les murs de la médecine municipale. La médecine de Brest avait certainement d'autres vues sur Hélène que la police de Brest, mais c'est en toute confiance, cependant, que les policiers abandonnèrent Mlle X. On ne la laisserait pas sortir.

Après une semaine de silence absolu, on conduisit la jeune femme à l'hôpital psychiatrique de la ville. Là-bas, Hélène s'éloigna lentement de cette absence, de cette prostration dans laquelle elle était prise.

L'hôpital, dès lors qu'elle s'aventura le long des couloirs où les portes des chambres restaient toujours ouvertes, montra ses propres plaies, sa face étrange et triste.

Hélène crut un instant qu'une mort générale s'était abattue sur l'hôpital et, au-delà, sur la ville et le monde. Elle crut qu'être vivante ne lui serait plus permis, que cette issue s'était effacée des murs de la maison des fous de Brest après qu'elle y était entrée.

Là-bas, Hélène vécut comme un petit animal marin échoué, une conque vide où les cris lancés par les voix cassées des pavillons voisins s'engouffraient, jour après jour.

Un matin cependant elle avait dit s'appeler Hélène, Hélène Dutriez, du nom de Pierre.

Ainsi Hélène retrouva-t-elle enfin l'usage de la parole. Mais il apparut qu'elle n'était plus tout à fait la même. Comme si la peur maintenant l'habitait. Une peur étrange, qu'elle n'avait jamais connue, une sorte d'effroi devant ce brin de vie qui lui restait. En entendant Hélène inventer tout ce qu'elle disait désormais, on pouvait même être sûr que cette peur ne se laisserait pas facilement dominer. Souvent, elle s'arrêtait au milieu d'une phrase et l'abandonnait inachevée. Elle voyait son médecin dissimuler maladroitement l'envie de lui tordre le cou, mais cela se passait si loin d'elle qu'Hélène pouvait bien se tromper.

Trois années durant, Hélène Raël avait habité un petit pavillon de l'hôpital psychiatrique de Brest. Elle montrait beaucoup de douceur et les électrochocs étaient devenus rares. Elle s'était fait quelques amies, deux ou trois vieilles dames très étranges, pensait-elle, pas folles du tout. Malgré cette amitié, Hélène cultivait à l'écart de toute indiscrétion l'idée qu'au-delà des murs survivait peut-être l'homme qu'elle avait aimé. Par instants, ce rêve l'exaltait encore avant de la rejeter dans ce long silence qui avait marqué son entrée à l'hôpital. L'existence de Pierre était son secret à elle, qui lui permettait de paraître belle, parfois, comme certaines visiteuses, le dimanche.

Et c'est en compagnie d'une de ces visiteuses qu'Hélène sortit enfin de l'hôpital psychiatrique car, en vérité, elles n'eurent aucun mal à passer la grille ensemble tandis qu'elles plaignaient ces pauvres fous de Brest. Avec l'argent de Gabrielle, la visiteuse, Hélène put acheter deux ou trois choses ainsi qu'un billet de train pour la ville de Dieppe où Pierre l'attendait peut-être. Le seul homme avec qui Hélène croyait pouvoir apprendre à vivre cette vie qui ne l'avait pas abandonnée.

L'hôtel Cyrnos était situé au centre de la ville, près de la place Surcouf, non loin du boulevard qui longe la mer. Le matin, avant l'aube, Hélène s'en allait le long des rues noires jusqu'à la plage de galets, puis rejoignait la route de Varengeville.

Chaque matin, Hélène s'approchait ainsi de la maison de Pierre et se laissait attirer par l'homme qu'elle avait perdu. Les fenêtres ne s'éclairaient jamais. Cinq trous noirs dans le noir. Accroupie derrière de hautes tiges de bambous, Hélène attendait. Des voitures passaient par intermittence et projetaient leur lumière violente qui déchirait la nuit. Bientôt les premières évidences du jour s'abattaient sur elle et l'obligeaient à rentrer sans détour, comme sous le coup d'une douleur honteuse.

Dans la chambre de l'hôtel aux fleurs artificielles, Hélène Raël s'efforçait de rester sourde à ses propres cris, comme elle s'efforçait de se rappeler ce qu'elle avait pu voir, le matin même, en rentrant, les visages qu'elle avait pu croiser dans les rues, mais souvent, il était trop tard, elle n'y parvenait plus. Elle ne trouvait plus rien à opposer à cette solitude de la maison de Varengeville.

Ce matin-là, Hélène n'était pas sortie de la chambre. Elle avait laissé passer l'heure qui d'habitude la jetait, impatiente, dans les rues de Dieppe.

Vers neuf heures, elle se tira une balle de revolver dans la bouche, sans y croire.

Tanguy Viel

Après l'univers et le rythme du jazz pour **Le Black note**, *un impressionnant premier roman paru en 1998, Tanguy Viel (né en 1973) s'est lancé dans un remake littéraire du* Limier, *le mythique film de Joseph Mankiewicz. Ce deuxième roman, tout simplement titré* **Cinéma**, *paraît en même temps que ce recueil.*

ORAISON FUNÈBRE

1.

C'est le chef de cabinet lui-même qui m'a confié, à moi, cette tâche, venu en personne oblitérer sa demande, lui qui toujours fait transmettre, qui toujours passe devant mon bureau sans à peine me saluer, cette fois il a mis les deux pieds dans mon bureau pour requérir mes services. C'est cela qui m'a mis, à moi, la puce à l'oreille comme on dit, c'est-à-dire, quand même, soixante-dix personnes sous ses ordres, soixante-dix personnes dépendant absolument de lui, physiquement et moralement, un chef de cabinet à part entière, directement en relation avec la plupart des ambassadeurs, secrétaires d'Etat, ministres, Président, et lui agissant avec une maladresse indigne, incapable de la moindre discrétion dans une opération de cette envergure, capable en revanche de venir alerter ma propre sensibilité, mes propres soupçons, usant naïvement d'un procédé inhabituel pour requérir mes services, et n'anticipant en rien sur mon questionnement personnel. Si, pour des raisons encore ignorées de moi-même, je venais réellement à le faire, si vraiment je me décidais à exécuter un tel ordre, alors d'une part il faudrait impérativement que j'en comprenne les motivations exactes, alors d'autre part je ne serais plus moi-même. Cela, malgré tout, malgré la connaissance exacte et a priori de toutes les motivations, ce serait, selon moi-même à l'heure qu'il est, profondément, interminablement immoral, même connaissance prise de toutes les raisons du monde, valables ou non. Ce serait la fin. Nous requérons vos services, m'a-t-il dit, plutôt que ceux de n'importe qui d'autre, en vertu de vos qualités littéraires, a-t-il dit. J'ai l'habitude de ce genre de choses, je veux dire : l'habitude qu'à toute demande soient adjointes un certain nombre de précautions d'usage, de flatteries, de petites phrases fleuries. Moins l'habitude cependant que cela émane directement du chef de cabinet, pour cette raison précise qu'il ne rentre jamais dans mon bureau, tout du moins quand moi-même j'y suis, et que c'est à peine s'il me salue quand il passe devant. Moins l'habitude aussi de rechigner à l'exécution des missions confiées, d'autant qu'elles sont, la plupart du temps, en ce qui me concerne moi, d'une extrême facilité, ainsi que d'une extrême neutralité. C'est pourquoi le chef de cabinet a l'habitude innée de faire transmettre ces demandes par ses secrétaires attitrées, pas du tout pour des questions de mépris du petit personnel, ni des questions d'obligations hiérarchiques, mais seulement à cause de cette neutralité des demandes et de leur extrême facilité d'exécution. Les commandes habituelles, quelles qu'elles soient, émanant généralement du chef de cabinet, m'autorisent au plus grand détachement moral, d'où l'inutilité de la pompe, l'inutilité d'un déplacement personnel du chef de cabinet dans mon propre bureau, en temps normal. Je dis : en temps normal. En temps exceptionnel, et tel que j'ai pu le constater ce matin même, tel que pour la première fois j'ai pu constater l'existence de l'exception dans ce ministère, dans ce cas-là précisément, oui, il y a, à l'en croire (lui, le chef de cabinet), utilité toute particulière à se déplacer lui-même dans mon bureau. Mais, contrairement à ce que lui-même peut espérer de sa démarche, et contrairement encore à ma propre habitude, je vais, à coup sûr, faire peu de cas de sa requête, justement du fait de son déplacement exprès, qui m'a mis la puce à l'oreille, sans lequel j'aurais certainement exécuté l'ordre avec la plus logique impartialité. En faire peu de cas, oui, à cause de mes soupçons, car voilà : tout à fait prêt en effet à mettre mes qualités littéraires au service de mon travail, car en somme, sans cette aptitude précise, je n'aurais rien à faire là, je n'aurais même, il faut l'avouer, certainement pas été embauché, si tel est le terme qui peut convenir à ce ministère. Je n'aurais même, en un mot, rien à faire dans une administration de ce calibre si je n'y assumais pas la tâche qui m'est très précisément impartie et qui consiste, cela est très simple, à mettre mes qualités littéraires au service du discours, et même au service des discours, puisqu'il s'agit pour moi, et je le dis en toute brièveté, de rendre hommage à nos morts, oui, mon travail consiste tout simplement à rédiger le plus merveilleusement du monde les éloges funèbres dont sont dignes les plus hauts représentants de notre ministère au jour de leur enterrement, c'est-à-dire, en général, deux ou trois jours après le jour de leur mort, ceux de notre ministère et de tous les ministères en général, voire leurs représentants plus petits, dès lors que les plus hauts ne meurent pas tous les jours et qu'il est hors de question absolument qu'une seule journée me soit laissée sans mort, c'est-à-dire sans discours funèbre, c'est-à-dire aussi, bien sûr, sans travail pour moi. Bref, remplir avec rigueur le cahier des charges implicitement rédigé à mon égard, je suis le premier à qui cette obligation tient à cœur, après le chef de cabinet bien sûr, à qui tout tient à cœur plus qu'à tout le monde, ce que sa position à part dans la hiérarchie impose d'elle-même, et c'est normal. Mais donc, pour être précis, il est hors de question que je rédige le discours officiel de la mort d'un certain M., comme me l'a expressément commandé le chef de cabinet ce matin, hors de question de répondre à l'exigence directe de la hiérarchie dans ce cas très particulier que celui de M., et il y a, à cela, une seule raison, qui vaut pour toutes les autres, pour toutes celles que ne m'a pas données, justement, le chef de cabinet, malgré les soins qu'il a pris de venir jusqu'à moi, de remplir exagérément mon bureau de sa présence, exagérément, oui, dans cette mesure où il a volontairement tu le fond de l'affaire, bien qu'ayant argué un certain nombre de raisons, mais pas une qui puisse satisfaire la droiture de mon cerveau. Hors de question, sans compromis, d'obtempérer à cet ordre-là, et tenir par écrit ce discours-là, sur cet homme personnellement connu de moi, depuis très longtemps, qu'est M., et, bien que n'ayant rien dit de si catégorique au chef de cabinet ce matin, bien que n'ayant même pas émis le moindre doute sur l'exécution de la tâche, il est hors de question absolument de m'y soumettre. Non pas que d'entrée de jeu j'aie pensé refuser, auquel cas, si cette seule pensée m'avait effleuré l'esprit en présence du chef de cabinet, je n'aurais sous aucun prétexte, pas même la peur, pas même la précarité envisageable de mon avenir, reculé devant l'idée d'émettre haut et fort ce refus, au contraire, j'aurais eu un tel sentiment d'hygiène, un tel sentiment de propreté intérieure, que pour rien au monde, y compris peut-être ma propre mort, pour rien au monde je ne me serais privé de cette douceur-là, de cette paix intérieure-là, de cette respiration plus forte que toutes, non, si je n'ai rien dit de négatif au chef de cabinet, ni rien refusé concernant la rédaction d'un discours officiel à l'occasion de la mort de M., c'est uniquement par désinformation, uniquement parce que je ne savais pas, j'ignorais totalement que M. n'était pas mort.

2.

Si ce matin j'avais seulement pu savoir que M. n'était pas mort, si j'avais eu le moindre doute là-dessus, le chef de cabinet aurait entendu, pour la première fois peut-être, mais il aurait entendu le son de la rébellion s'élever contre lui. Non pas que je sache d'autant mieux que M. était mort, absolument pas, et la demande du chef de cabinet, en plus d'être inhabituelle dans sa manière, n'a pas manqué d'être, du même coup, une des nouvelles les plus terribles qu'il m'a été donné d'entendre ces dix dernières années. D'autant plus terrible, il est vrai, qu'elle intervenait d'une manière inhabituelle dans le fonctionnement du ministère, mais terrible surtout à cause du respect que j'ai, moi, pour M., de par son travail irréprochable dans ce ministère, le voyant ramper régulièrement devant je ne sais quel chef de cabinet minable, et lui sans doute, le chef de cabinet, passant devant son bureau sans le saluer, en homme odieux qu'il est, incapable de saluer quiconque, pas même moi, en arpentant les couloirs du ministère. Quelquefois j'en arrive à penser que même le chef de cabinet n'est pas un homme odieux, et ce serait seulement les conditions de travail, la simple disposition très en longueur des bureaux qui, par exemple, les amèneraient tous à feindre une sorte de mépris, pas du tout selon une pente naturelle qui les emmènerait vers ce comportement. Ou plutôt si : d'accord pour dire qu'ils ne sont pas fondamentalement nés pour ce genre d'attitudes détestables, mais d'accord pour admettre quand même que, si une simple disposition géographique des bureaux leur autorise un tel basculement de l'esprit, alors il y a bien une pente naturelle qui les emmène, et qu'alors aussi ce qui n'est que germinatif dans leur jeunesse éclate au grand jour sous la pression de quelques bureaux mal disposés. Mais ce n'est pas le sujet ici, je le sais, et si justement j'avais réussi à penser à tout autre chose, comme par exemple la disposition des bureaux dans ce ministère, si j'avais réussi à penser à des choses aussi futiles que celle-là ce matin à l'annonce de la mort de M., certainement je n'aurais pas ressenti une si profonde douleur, un si profond pincement interne pendant lequel j'ai très bien senti ma salive glisser d'elle-même de ma bouche jusqu'à mon estomac, très bien senti ma gorge retenir un gloussement, de sorte que j'échappe à toute émotion visible devant le chef de cabinet qui lui, à l'inverse, semblait tout à fait rompu à cette nouvelle-là, et pour cause. Pour cause, il pouvait être rompu à un événement pareil, quand j'apprenais plus tard que ce même M., pour lequel on me demandait un éloge comme j'ai parfaitement l'habitude d'en rédiger en quelques heures, ce même M., donc, n'était pas mort du tout, plutôt même en parfaite santé, alors tout s'expliquait quant à la froideur de ton du chef de cabinet – ce qui ne m'empêche pas de soupçonner fortement qu'à la véritable annonce de la vraie mort de M. (et il faudra bien qu'elle survienne un jour, malgré son âge encore jeune), ça ne m'empêche pas de soupçonner le chef de cabinet de ne pas ressentir au fond de lui-même le moindre bouleversement émotif, y compris devant la vérité criante de la mort, celle-là même de mort qui serait mathématiquement l'inverse du mensonge criant de ce matin, donc devrait provoquer mathématiquement l'inverse d'un point de vue émotif dans le cœur du chef de cabinet. Si j'avais su, moi, que M. n'était pas mort au moment où le chef de cabinet m'annonçait le contraire en requérant mes services, jamais je n'aurais laissé chose pareille s'infecter, j'aurais immédiatement crevé l'abcès, sans prendre garde aux conséquences directes que cela pouvait avoir pour moi, et je m'en serais irrémédiablement dédouané. Mais c'est là que le bât blesse et qu'il y a selon moi un vice logique que je ne parviens pas, sous quelque angle que je traite le problème, ne parviens pas à résoudre, car voilà : pour m'insurger contre le chef de cabinet dès ce matin, il aurait fallu que je sache, d'une, que M. était mort, de deux, qu'il ne l'était pas, alors j'aurais pu déjouer les plans obscurs de la hiérarchie quant à la rédaction par moi-même d'un discours officiel en hommage à M. Mais M. n'a jamais été mort, pas même une demi-seconde, c'est là que le bât blesse et qu'un vice logique tourmente ma conscience, dans l'impossibilité qu'elle a, ma conscience, de faire machine arrière, remonter le temps jusqu'à ce matin et alors se raidir tout entière contre le chef de cabinet. Mais allez dire à un chef de cabinet que quelqu'un n'est pas mort quand vous ne saviez pas qu'il l'était, et que c'est après seulement que vous apprenez qu'il ne l'était pas. A bien réfléchir c'est impossible.

Reste que je n'écrirai pas un seul mot en l'hommage d'un homme à l'insu duquel on spécule, et spécule sur sa mort, quand même cet homme n'aurait pas à rougir des éloges que je pourrais lui faire, et même, aussi, il y trouverait, en tant que personne entièrement vivante de la tête aux pieds, y trouverait largement son compte, sinon le choc mental d'entendre de son vivant, à son grand étonnement j'imagine, le discours funèbre qui est sensé suivre l'existence terminée de lui-même. Outre ce choc, dont la rareté est certainement à hauteur du frisson qu'il doit enlever à la chair, M. en personne puiserait dans ce discours une matière inestimable au gonflement de lui-même, non pas pour autant de l'orgueil ou quelque sentiment identique, mais je ne manquerais pas, moi, d'évoquer discrètement ce qui me lie à lui, et je me ferais un grand plaisir à mêler d'un même ton les grandeurs de son rang avec la finesse toute particulière de son caractère. Je prendrais une joie immense à composer ce laïus tout élogieux, et le sort me préserve de mourir avant lui, de façon que ce jour advienne quand, débarrassé de tout tiraillement moral, j'aurai cet honneur enfin légitime d'entendre à son enterrement le flot de paroles que j'aurai moi-même écrites. Non pas, bien sûr, qu'un seul instant le souhait de sa mort ne titille ma pensée, aucun doute personnel là-dessus, ou je ne serais pas depuis ce matin à me tourmenter pour essayer, je dis bien essayer, d'effacer l'idée qu'un mensonge pareil puisse profiter à quelqu'un, a fortiori puisse profiter à mon chef de cabinet, non, je me sens de ce point de vue plus blanc que neige, sans aucun soupçon sur ma propre tournure d'esprit. Je dis seulement, si pour une raison x ou une raison y M. venait à mourir, alors oui, malgré l'immense douleur que cela me causera (personne là-dessus ne peut imaginer à quel point, à quel degré d'horreur cela me conduirait, et cela, malgré la déjà douloureuse expérience de ce matin, et malgré l'absence de réaction vive que quelquefois je me surprends à regretter, du fait de l'avoir contenue à cause d'un facteur tout à fait contingent et secondaire, j'entends, la présence déroutante du chef de cabinet dans mon bureau), malgré cette grande tristesse qui m'emplira, donc, je conserverai comme une charge intense et digne la rédaction d'un hommage à l'égard de M., dignité tout à fait proportionnelle au degré de douleur qu'il me faudra supporter, proportionnelle encore à la noblesse d'homme que peut représenter M. Non pas évidemment que l'idée ne me soit jamais venue d'écrire, malgré le caractère vivant de M., ce petit laïus, affaire de quelques heures, et dont je n'ai pas honte de réciter même quelques lignes qui reviennent ainsi à ma mémoire, sans que jamais pourtant je ne les aie couchées sur un papier, du fait qu'il est largement préférable, dans ce bureau qui m'a été attribué spécialement, de ne laisser aucune trace de brouillons, esquisses et autres tentatives tels qu'il m'arrive, de temps en temps, de prendre un peu d'avance sur certains représentants de nos ministères, soit que je les sache très malades, soit que je prenne un plaisir tout personnel à envisager très vaguement le contenu de leurs oraisons, ce qui fut effectivement le cas pour M. Je me permets ici de laisser supposer, par un très court passage, la qualité dudit éloge, écoutez plutôt : "*… ayant choisi dès très jeune de tourner le dos au médiocre pour s'engager froidement dans ce qui pour les nerfs du commun fait terreur, je veux dire, la cour des grands, partout où on décide et on se porte en chaire pour mieux tenir les rênes. Je le revois encore, lui faisant ce choix,* *irréversible voie sur laquelle on s'avance à jamais, d'un pas lent au départ, comme on prend peu à peu la mesure de la pente avant de s'y lancer sans plus craindre ni la chute ni la mort, pour mieux servir et sa cause et sa vie...* "Etc., etc. Je dis "etc.", ce n'est pas évidemment que le reste soit déjà prêt à l'emploi, ni même seulement ébauché dans quelque tiroir de mon cerveau, non, je dis "etc." du fait que je m'imagine bien continuer sur ce même ton, et, il faut l'avouer, il m'arrive de m'imaginer continuer l'oraison très spéciale de M., je dis bien : m'imaginer la continuer, ce qui ne veut pas dire du tout que je me représente ce qu'elle contient, non, je me représente moi-même en train d'essayer d'écrire, à peu près comme on peut se représenter en train de prendre un bain, ce qui ne veut pas dire qu'on est plus propre après. Pour tout dire, en certaines circonstances, en certains jours où j'ai plutôt l'humeur badine – et cela arrive, oui, malgré les très difficiles conditions de mon travail, cela arrive –, en certaines circonstances particulières donc, je me surprends à imaginer d'autres choses bien plus horribles que moi-même rédigeant le discours de M., oui, je me surprends quelquefois à penser mon propre éloge funèbre et, dans ce cas, non plus à me penser moi-même en train de rédiger l'éloge funèbre de moi-même, j'entends, je ne m'arrête plus à m'imaginer physiquement en train d'écrire, mais directement en train de construire des phrases entières qui se mettent à résonner d'elles-mêmes dans mes oreilles, et jusqu'au ton, jusqu'au souffle du discours, à la virgule près, tout de moi-même qui se met à défiler en verbe, ce qui n'est plus du tout la même chose. J'ai tendance alors, lorsque cela se produit malgré moi (car c'est toujours malgré moi que cela se produit), je me force, même, à penser immédiatement à autre chose, à essayer de penser à tout sauf à ça, par exemple à penser à moi-même en train d'écrire l'hommage de quelqu'un d'autre, voire celui de M., ou même, il m'arrive d'essayer de penser à moi-même essayant de penser à moi, mais rien n'y fait, c'est bien connu, il suffit de vouloir penser à autre chose que l'objet en question pour que l'objet en question revienne avec d'autant plus d'insistance, d'autant plus d'obsession titiller le fond des tympans, et dans les trois quarts des cas, je sais que j'ai peu de chances d'y échapper dans l'heure, toujours une bonne partie du discours se sent déjà écrite à l'intérieur de moi, même si, dans ce cas-là comme dans les autres, aucune trace réellement écrite ne pourrait me trahir, aucune ligne de mots dessinés sur le moindre journal, non, ce sont seulement des phrases, disons, chuchotées, tues, et même totalement silencieuses, excepté pour moi-même. Il y a des exemples très précis qui sont encore tout à fait actuels dans ma mémoire, des paragraphes entiers qui bougent d'à peine un mot quand j'ose me les rappeler, un seul exemple suffira, un exemple à mon avis assez éloquent quant à l'accent très particulier que peut prendre, à mon insu, le discours qui ponctuera ma mort, un exemple, même, très éclairant quant au choc que j'ai pu recevoir ce matin devant le chef de cabinet, et qui donne à peu près ceci : *“… ayant choisi dès très jeune de tourner le dos au médiocre pour s'engager froidement dans ce qui pour les nerfs du commun fait terreur, je veux dire, la cour des grands, partout où on décide et on se porte en chaire pour mieux tenir les rênes. Je le revois encore, lui faisant ce choix, irréversible voie sur laquelle on s'avance à jamais, d'un pas lent au départ, comme on prend peu à peu la mesure de la pente avant…”*

ERIC REINHARDT

Demi-sommeil, *le premier roman d'Eric Reinhardt (né en 1965), publié aux éditions Actes Sud, raconte les déboires d'un homme partagé entre deux continents, entre deux femmes, et surtout entre ses obsessions sexuelles et son désir de mener une vie professionnelle cohérente, dans un monde qui a depuis longtemps cessé de l'être. Si l'on en juge par la nouvelle qui suit, cela ne s'arrange guère.*

DÉPOSITION

1.

Alfred entoure d'un ovale approximatif la phrase qu'il vient d'écrire sur la nappe, recapuchonne son stylo plume et lève la tête. La petite place où il s'est installé pour dîner sert d'esplanade au délicat portail de marbre qui décore à cet endroit la muraille de brique rouge qui ceint l'Arsenal. Deux tours massives en défendent l'accès, divisées par un canal qui se jette à l'intérieur de l'enceinte. Des martinets décrivent au ras des toits, en surplomb du pont, des arabesques fantomatiques. Certains se sont posés sur la muraille, au sommet du portail, sur la crinière des lions, comme s'ils prisaient particulièrement, au milieu des entrepôts désaffectés, des maisons basses du quartier, partageant les inclinations d'Alfred, ce petit périmètre enchanteur. Il a lu la veille dans un livre que le portail, construit en 1460 par Antonio Gambello d'après un dessin de Jacopo Bellini (c. 1400-1470), est le premier exemple d'architecture Renaissance à Venise. Les quatre lions ont été ramenés d'Athènes en 1687 par Francesco Morosini (1619-1694) après la reconquête de la Morée.

Trois Français d'une trentaine d'années sont installés autour d'une table à sa droite, une blonde assez jolie, élancée, élégante, une brune quelconque, petite, corpulente, un garçon plutôt beau portant une barbichette. Alfred allume une cigarette et suit des yeux sur le canal un vaporetto qui s'apprête à disparaître entre les deux tours, la nuit va bientôt tomber, une brise légère rafraîchit la terrasse. Une femme sophistiquée, chignon cendré, barrette d'argent, tailleur gris, descend les dernières marches du pont, traverse la petite place en diagonale en frôlant les tables les plus éloignées, contourne la tête d'un des lions, l'accroupi, le plus fier des quatre, puis disparaît par une ruelle.

Il a passé la journée à marcher, traquant les tableaux du Titien (c. 1487-1576), de Giovanni Bellini (c. 1432-1516), de Sebastiano del Piombo (c. 1485-1547), ses artistes préférés. De Mantegna (1431-1506), il a adoré un Martyre de saint Sébastien exposé à la Ca' d'Oro. De Giorgione (c. 1477-1510), il est tombé en arrêt devant un Christ crépusculaire exposé à la Scuola di San Rocco. De Titien, il va voir trois fois par jour depuis son arrivée un Martyre de saint Laurent exposé dans l'église des Gesuiti. Il apprécie par-dessus tout les représentations du Christ, des martyrs, des madones. Il se délecte de la souffrance du Christ, de la douleur des martyrs, de la tristesse éplorée des madones. Il a visité, se glissant le long des piliers, s'attardant dans l'obscurité des absides, les églises de San Zaccaria, Madonna dell' Orto, San Giovanni Crisostomo, San Francesco della Vigna.

L'après-midi, il a suivi une blonde diaphane accompagnée d'un vieil homme. L'apercevant qui sortait d'une boutique, il s'est trouvé happé en l'espace d'une seconde par un désir d'une violence folle. Qui dit choc dit violence dit douleur et dit mort. Qui dit mort et n'en a pas envie pense qu'il est impensable de laisser s'envoler cette silhouette : il s'est donc mis à la suivre. Habillée, elle était nue. Vêtue d'une robe tube noire extrêmement courte exacerbant la blancheur de sa peau, elle était nue bien davantage que la plupart des femmes lorsqu'elles sont nues. Il suffisait de regarder ses cuisses, ses bras, ses épaules, la blancheur charnelle de ses cuisses, de ses bras, de ses épaules, pour éprouver l'émerveillement que peut produire la nudité d'une femme.

D'un mouvement brusque, le serveur débouche la bouteille de valpolicella qu'il vient d'apporter. Il verse une larme de vin à l'intérieur du verre d'Alfred puis contemple avec ostentation la blonde élancée, dansant d'une jambe sur l'autre comme s'il cherchait à justifier par cette agitation soudaine la mobilité frétillante de ses yeux. C'est vrai qu'elle est pas mal, Pitz. Mais enfin tu vas pas sortir avec une Française ! Le serveur, lui, on peut comprendre, il est du coin ! Mais toi ! Il te faut une Vénitienne ! Une vraie de vraie ! Une descendante de doge ! Une sœur de gondolier ! Alfred porte le verre à ses lèvres, garde le vin sous sa langue quelques instants, sollicitant ses papilles, observant du coin de l'œil les longues jambes de la blonde, puis déglutit.

Il est très bon. C'est parfait.

Le serveur achève de remplir le verre, je suis content qu'il vous plaise, l'approuve-t-il, c'est un excellent vin, pose la bouteille en lisière de l'ovale approximatif dessiné sur la nappe puis s'éloigne. D'un mouvement rotatif du poignet qu'il répète plusieurs fois tout en marchant, le tire-bouchon dans ses mains, scrutant chaque table d'un bref coup d'œil, contrôlant qu'il n'y manque rien, il dévisse le bouchon. Alfred plante un cure-dent dans une olive, la fait tourner lentement, observe de près les flétrissures, les cratères, les minuscules taches brunes qui la parsèment. Disons blonde. Disons blonde et vénitienne. Disons donc d'une blondeur vénitienne. Ça s'impose et ça changera des brunes. Ces derniers temps, tu n'as connu que des brunes. Le cure-dent dans ses doigts, l'olive plantée à son extrémité, petite baguette de tambour, Alfred tapote sur le rebord de la coupelle. Ou plutôt rousse. Voilà : elle sera rousse. Ça fait des mois que tu rêves d'une rousse, d'une rousse à la peau blanche, d'une grande rousse plantureuse à la peau transparente. Allez hop ! Marché conclu ! A la tienne, Pitz ! A la tienne, Seingalt !

Il a les mains liées derrière le dos par une corde qui s'enroule autour des bras. Sa jambe droite est légèrement fléchie, son pied droit s'est détaché du sol, comme s'il s'apprêtait à partir. Un nombre considérable de flèches sont plantées dans son corps, petites baguettes de bois striant dans tous les sens la surface du tableau, déchaînement d'impulsions meurtrières, furie nocturne. Un chapelet de perles rouges suspendu derrière lui descend de part et d'autre de son visage, imitant les deux courbes d'une tenture. Il a levé les yeux vers le ciel et entrouvert les lèvres, en une posture d'extase implorante.

Avec un crédit quatre fois sans frais, dit la blonde élancée.

J'ai fait pareil l'année dernière pour mon canapé-lit, dit la brune quelconque.

Le lion accroupi, le plus volumineux des quatre, les trois autres s'ordonnant par taille décroissante de l'autre côté du portail, regarde la table d'Alfred. Un martinet picore la crinière du quatrième, sorte de chat nonchalant couché en bordure du canal, la gueule tournée vers les reflets verdâtres de l'eau. Déséquilibrée par le poids du cure-dent, l'olive gît sur un flanc tel un navire à l'intérieur de la coupelle. Alfred repose son verre sur la table, enfonce dans la chair de l'olive la pointe acérée d'un deuxième cure-dent, puis d'un troisième, puis d'un quatrième, le dernier dont il dispose. Tu adores les peaux blanches. Tu as toujours adoré les peaux blanches. La peau n'est jamais si peau que lorsqu'elle est blanche. Ça veut dire que lorsqu'elle est blanche la peau n'a plus aucun secret. Qu'elle est visible dans ses moindres détails. Qu'elle se montre, qu'elle s'exhibe, qu'elle se donne. Les veines, les bleus, les poils t'excitent. Les vergetures, la cellulite, les grains de beauté t'excitent. Plus nombreux sont les trucs que tu vois sur une peau, plus tu es excité. Plus visibles sont ces trucs, plus tu es excité. Une petite chose considérée par tous comme anodine peut revêtir pour toi un caractère sexuel bien plus fort que les appâts physiques les plus conventionnels. Une simple veine peut t'affoler bien davantage que la plus affolante des poitrines. Une salve de grains de beauté peut produire sur toi un effet bien plus vif que le plus suggestif des spectacles. Une femme peut t'inspirer le même désir bestial à cause de ses bras qu'une autre femme qui serait nue. Et tout ça dans la queue d'une boulangerie, sur un vaporetto, à la terrasse d'un café. Ça signifie que certaines femmes peuvent être pour toi d'une impudeur affolante. D'une indécence et d'une obscénité totales. Sans qu'elles s'en doutent.

Une assiette a été déposée sur la nappe sans qu'il s'en

aperçoive, petites coquilles striées disposées sur un monticule de spaghettis. Le serveur prélève sur une table inoccupée, à gauche de celle d'Alfred, un pot de parmesan. L'olive repose dans la coupelle, quatre flèches plantées dans la poitrine, petites lignes de bois clair s'entrecroisant dans l'espace.

Vous voulez du parmesan ?

Non merci. Pas avec les coquillages.

Voilà qui me fait plaisir. La plupart des touristes veulent mettre du parmesan partout. Des fois, je me dis qu'ils viennent en Italie uniquement pour le parmesan !

Le serveur éclate de rire, ses moustaches fines frétillent, puis s'avance vers la table des Français.

Vous avez fait votre choix ?

Barbichette décline avec hésitation, montrant du doigt ses deux compagnes, la liste des plats qu'ils ont choisis. Alfred localise trois taches d'encre sur le poignet droit de la blonde. Normalement, l'encre se dépose sur la première phalange du majeur, là où l'on trouve parfois chez l'étudiante une excroissance calleuse. Mais là, chose étrange, les taches se trouvent sur le poignet. Elle a donc écrit, elle a donc corrigé, elle est revenue en arrière de, disons, six centimètres, après avoir écrit quelque chose, quelque chose qui n'avait pas séché, pour corriger quelque chose d'autre, un peu plus haut. A moins qu'après avoir accouché d'une phrase difficile, une phrase dont elle était mécontente, ou au contraire dont elle était contente, ou bien cherchant la suite, la phrase d'après, elle n'ait posé sa main sur la page. Une lettre d'amour ?

Il l'a suivie par de petites ruelles durant deux heures jusqu'à la gare de Santa Lucia. On aurait pu l'arrêter pour attentat à la pudeur : la plus petite parcelle de sa peau marbrée porterait atteinte à la pudeur la moins sensible. En compagnie du vieil homme, elle s'est orientée vers le quai d'où devait partir leur train.

Alfred introduit l'ongle de son pouce entre deux coques, les écarte doucement l'une de l'autre comme avec un pied de biche, la disjonction produit un désagréable petit craquement creux d'os brisé.

Une bouteille de chianti, dit Barbichette.

Et une Badoit, ajoute la brune quelconque.

San Pelegrino, rétorque le serveur.

C'est parfait, répond la brune.

Le serveur s'éloigne, les trois cartes sous son bras. La blonde allume une cigarette et croise les jambes, contemplant les deux tours de l'Arsenal. Alfred observe son poignet, cherchant à y découvrir si les taches ne sont pas des lettres, voire des mots, ça aurait pu, comme un tampon, comme un buvard, mais non, ce sont des taches, elle porte un collier de perles autour du poignet gauche. T'emballe pas, Pitz. On a dit vénitienne. Tu vas pas commencer à tout foutre en l'air.

Alfred enroule des spaghettis autour de sa fourchette. Un serveur qu'il n'avait pas encore vu traverse la terrasse en transportant quatre assiettes sur ses avant-bras. Les Français parlent de peinture, la brune quelconque cherche à se souvenir du nom d'un peintre dont elle a beaucoup aimé les tableaux. Admets-le, Pitz : ce collier de perles t'excite. En plus, elle porte des bottes à talons. Et des collants noirs. Elle doit être avec Barbichette. Elle lui fait la totale. Quoi qu'il en soit, c'est exactement ce qu'il te faut : une femme chic. Voilà ce dont tu as envie ce soir : d'une femme chic. Ça se précise. On va bientôt y arriver. Alfred évide un coquillage avec ses dents, dépose la coquille vide dans la coupelle prévue à cet effet, plante sa fourchette dans l'assiette. Disons donc vénitienne, rousse, la peau blanche. Disons donc collier de perles, talons hauts, collants noirs. Mais où tu vas trouver ça ? Dans un palace ? Au bar d'un palace ? On a dit vénitienne, Pitz : pas d'hôtel. Mais où, alors ? A l'opéra ? A la Fenice ? Toi qui n'as jamais été foutu de te trouver une femme dans cette ville, tu voudrais dénicher ce soir, en pleine semaine, une rousse à talons hauts !

Le dimanche je débranche mon portable, dit la brune quelconque. Il ne me sert que pour le travail.

Pas moi, dit la blonde élancée. Quand on a besoin d'un portable pour le boulot, autant qu'il serve aussi pour ses amis.

Au casino, Pitz. Ta rousse chic, tu vas la trouver au casino. Tu vas finir de dîner tranquillement, tu vas t'offrir une glace au chocolat, tu vas boire un café serré puis tu vas te rendre au casino. Ta rousse aristocratique, c'est sûr, au casino, tu vas la trouver.

Quand on t'appelle d'un portable, dit Barbichette, intempestif, tu paies la moitié de la communication. C'est-à-dire deux unités.

Alfred tente de discipliner, à l'aide de son couteau, opération pour laquelle il ne manifeste qu'un talent relatif, un spaghetti luisant qui s'est détaché des autres. Il lui fait faire un premier tour de fourchette, puis un deuxième, puis un troisième, c'est acceptable, il ne doit plus mesurer maintenant, suspendu dans le vide, que cinq centimètres. Alfred introduit la fourchette dans sa bouche, hissant le spaghetti par des mouvements saccadés des lèvres, c'est comme le prisonnier qui rapatrie avec célérité la corde qu'il a lancée dans le vide depuis sa cellule, la corde remonte rythmiquement le long du mur, finit par disparaître en frétillant, puis s'essuie la bouche avec sa serviette en papier tout en mâchant.

Il a lu la veille l'histoire de la Ca' Vendramin Calergi, le palais qui abrite le casino. Construit à la fin du XVe siècle par l'architecte Mauro Codussi (c. 1440-1504), il était connu sous le nom Non Nobis à cause des mots *Non Nobis* et *Non Nobis Domine* inscrits sur la façade, devise de l'ordre le plus fier parmi les ordres religieux, celui des chevaliers du Temple. Derrière cette façade recouverte de marbre polychrome, l'édifice abritait un vestibule peint à fresques par Giorgione et un tableau de Raphaël (1483-1520). Et, en 1530, le palais accueillit la fameuse *Tempête* de Giorgione. C'est Vincenzo Grimani, nouveau propriétaire, qui fit ajouter une aile à l'édifice en 1614. Accusés de conspiration en 1658, les frères Grimani furent exécutés et leur propriété fut menacée d'être détruite. Finalement, compte tenu de la beauté de l'édifice, seule l'aile nouvelle fut rasée. Comme humiliation symbolique, on entreprit l'édification d'une "colonne infâme" racontant l'histoire du scandale.

Après avoir déposé ses sacs sur le porte-bagages, hissée sur la pointe des pieds, sa robe courte révélant généreusement les courbes de ses fesses, la blonde s'est installée à côté du vieil homme sur la première banquette de la voiture. Alfred est descendu du train juste avant que celui-ci ne s'ébranle, alerté par un coup de sifflet, puis s'est assis sur un chariot qui traînait sur le quai, hébété.

Il racle avec ses dents l'intérieur d'une coquille, la dépose dans la coupelle de verre et s'essuie les mains. Son verre est encore vide, il le remplit, le porte à ses lèvres. Le serveur apporte leur plat aux trois Français, des spaghettis alle vongole pour la brune quelconque, elle l'est d'ailleurs de moins en moins, s'exaltant, moulinant des bras, ondulant des épaules, des cannellonis pour la blonde, une escalope milanaise pour Barbichette. T'aurais jamais dû l'imaginer en train de jouir. Te voilà complètement séduit. Calme-toi, Pitz. Reprends tes esprits. On a dit vénitienne. On a dit chic. On a dit rousse. On a dit la peau blanche. C'est tout ? Tu n'as pas d'autre idée ? Ton descriptif s'interrompt là ? Tu as besoin d'une deuxième bouteille de valpo ? Alfred retire de son assiette, les transvasant dans la coupelle, les coquilles célibataires, puis les coquilles que la cuisson a vidées, à moins qu'il ne s'agisse de coquilles qu'il a vidées lui-même, il s'essuie les mains à sa serviette et avale une gorgée de vin. Ce dont tu rêves, Pitz, admets-le, c'est d'une vieille. Ou bien disons d'une femme mûre. Disons quarante-cinq ans. Cinquante ans maximum. Robe du soir, chapeau à voilette, collier de perles, bas noirs, sandales à talons. Des pieds petits, potelés, cambrés. Elle est assise à une table de roulette. Des plaques de bakélite sont empilées devant elle. Elle te regarde avec avidité.

Vous avez terminé ?

Le serveur est apparu devant sa table, un sourire fixe sur les lèvres.

Oui, merci, c'était très bon.

Vous désirez autre chose ?

Un express, s'il vous plaît, merci.

Antonio Foscarini, ancien ambassadeur à la cour des rois de France et d'Angleterre, fut découvert pendu par un pied à une potence en 1622. Une rumeur laissa entendre que cette mort tragique n'était pas étrangère à sa relation amoureuse avec Alathea d'Arundel et Surrey, dont l'époux était maréchal d'Angleterre. Antonio Foscarini se serait en effet rendu de nuit au palais Mocenigo à San Samuele, résidence de la comtesse. Or, ce palais du Grand Canal abritait le plénipotentiaire des Médicis, le secrétaire de l'ambassadeur impérial et le secrétaire de l'ambassade d'Espagne. Antonio Foscarini fut donc arrêté non pas à cause de ses rendez-vous galants, mais parce qu'on le soupçonnait de rencontrer secrètement des représentants de puissances étrangères. Afin de ne pas déshonorer sa bien-aimée, il aurait tu le motif véritable de ses visites nocturnes. Etranglé dans sa cellule, il fut ensuite pendu en place publique.

Le serveur ramasse les couverts, la coupelle de coquilles, la serviette d'Alfred roulée en boule, les dépose dans l'assiette en sifflant puis s'éloigne. Le visage baissé, la brune quelconque aspire un spaghetti. T'aurais jamais dû l'imaginer en train de jouir. Te voilà totalement bouleversé. Une fois de plus, tu t'es laissé prendre au piège. C'est ton secret, Pitz, c'est ton secret, Seingalt, c'est le secret d'un petit nombre d'élus : toute femme est attrayante, désirable, irrésistible, quelle qu'elle soit, quelle que soit l'inclination qu'on peut éprouver spontanément pour elle, à condition naturellement qu'elle ne soit pas d'une laideur rédhibitoire, dès lors qu'on la regarde avec attention et qu'on l'imagine en train de jouir. Ecoute-moi bien, Barbichette : prends n'importe quelle femme, regarde-là attentivement pendant vingt minutes, acclimate-toi à son visage comme on s'acclimate à l'obscurité, imagine-la sous toi te disant mon amour, n'arrête pas, c'est merveilleux, imagine-la se cabrant sous tes assauts, buvant tes paroles obscènes, par la seule force de ta pensée tu verras l'expression du plaisir se répandre peu à peu sur son visage, envahir sa physionomie, transfigurer ses traits, tu verras ses joues se colorer, tu verras son regard t'implorer, tu la verras se mordre les lèvres d'extase, et tu finiras par la désirer avec beaucoup plus d'intensité qu'une femme immédiatement séduisante. Cette voie-là, faire monter patiemment la puissance du désir, exhumer la beauté fatale des femmes quelconques, c'est la voie des plus vertigineuses jouissances. Il y a là assurément quelque chose de religieux. Il faudrait, ces femmes-là, les baiser dans des églises. Sous le regard reconnaissant du Christ.

A la tienne, Pitz ! A la tienne, Seingalt !

Du XIIIe au XVIe siècle, le système pénal italien prévoyait, pour un certain nombre de délits (trahison, banqueroute frauduleuse, falsification de documents, homicide, etc.), l'application d'une peine “infamante” destinée à frapper l'individu dans sa dignité et son honneur, en plus des peines d'amende et de prison. Sur la façade d'un bâtiment officiel situé en un point névralgique de la ville, parfois même en plusieurs endroits très fréquentés, le condamné était représenté dans une pose grotesque et outrageante, entouré quelquefois de ses parents et amis. Une légende et un certain nombre de symboles (sacs d'argent, démons, fourches, animaux fantastiques, etc.) précisaient l'identité du condamné et la nature du délit. Quelques-uns des plus grands peintres, comme Andrea del Castagno (c. 1423-1457), Andrea del Sarto (1486-1531) ou Botticelli (1445-1510), pratiquèrent la peinture infamante.

Alfred repose son verre de valpo sur la table, la bouteille est vide, allume une cigarette. Rousse, la peau blanche, les yeux verts, cinquante ans, pas très belle, elle avance une pile de plaques sur le tapis, le croupier la dispose sur le 27 puis pivote vers le cylindre. Elle le regarde fixement depuis dix minutes, allongée sur le dos, lui disant mon amour, n'arrête pas, c'est merveilleux, elle hurle, sanglote, secoue la tête, des gouttelettes de jus vaginal éclaboussent leurs cuisses. Vingt-sept, impair et passe ! Alfred effrite sa cigarette sur les parois du cendrier, regarde les tours de l'Arsenal, la brune quelconque dit qu'elle n'est pas inquiète, qu'elle a tout son temps, qu'elle enverra des candidatures spontanées, le croupier ratisse la surface du tapis, décompte avec application les plaques qu'il lui doit, pousse dans sa direction une demi-douzaine de piles dont elle lui demande de placer une petite partie sur le 9. Il se rapproche un peu plus de la table, elle le regarde fixement, elle le regarde dans la glace accrochée à la tête du lit, les yeux levés, la bouche entrouverte, les traits tirés, implorante, elle est à quatre pattes, ses cheveux roux déferlent, le collier de perles cliquette, elle hurle, l'exhorte, une espèce de sourire de douleur étire ses lèvres, un lacis de veinules mauves estampille la peau blanche de ses fesses, couronnant la raie. Neuf, impair et manque ! Une clameur admirative traverse la foule, le directeur du casino est apparu, s'entretenant avec le croupier. Elle lui fait signe de s'approcher, la brune quelconque dit qu'elle a déjà plusieurs pistes, qu'il lui suffira d'envoyer quelques lettres, il longe la table de roulette en s'excusant puis arrive devant elle. Je ne sais comment vous remercier. C'est grâce à vous que j'ai gagné. Voulez-vous que nous partagions ? Non, c'est inutile. En revanche, j'aimerais vous inviter à boire un verre. Alfred allume une cigarette et croise les jambes, la nuit est tombée, des projecteurs illuminent les deux tours de l'Arsenal, la brune quelconque dénoue ses cheveux, secoue la tête, pose l'élastique turquoise sur la nappe. Non, c'est pas possible, tu peux pas dire une chose pareille. Tu peux pas dire une chose pareille, c'est ridicule. On recommence. Une clameur admirative traverse la foule, le directeur du casino est apparu, s'entretenant avec le croupier. Elle lui fait signe de s'approcher, une lueur érotique est passée dans ses yeux, la brune quelconque remplit son verre, disant qu'elle a rencontré un type qui lui a fait des propositions, le directeur d'une boîte de marketing, il longe la table de roulette avec fébrilité, bousculant les spectateurs, puis arrive devant elle. C'est grâce à vous que j'ai gagné. Je ne sais comment vous remercier. Voulez-vous que nous partagions ? Non, c'est inutile. Tout ce que je veux, c'est te baiser comme une chienne. Elle lui sourit, passant sa main gantée sur son sexe. Je vois que vous êtes prêt, ma vedette m'attend sur le…

Votre expresso.

Le serveur, une petite tasse à la main, est dressé devant sa table.

Vous avez l'air de très bonne humeur.

Pourquoi vous dites ça ?

Vous souriez dans le vide depuis dix minutes.

Oui, je sais. C'est sans doute le valpo. Ou cette ville. Elle me met dans un étrange état. Je pourrais avoir l'addition ?

2.

L'atmosphère est pesante, les joueurs sont anxieux, la plupart prennent des notes, les plaques cliquettent sur la feutrine, l'œil noir et menaçant d'une caméra est orienté vers la table. Le croupier achève de répartir sur le tapis, exécutant d'une manière mécanique les instructions qu'il reçoit, les plaques d'une blonde décolorée assise en face de lui. Alfred se déplace autour de la table, bousculant les spectateurs, pardon, scusi, sorry, pour tenter d'apercevoir ses cuisses. Elle porte un tailleur-pantalon noir et des bottes plates. Un oiseau blanc est brodé sur le col de sa veste.

Lorsqu'il est arrivé, une jeune femme a enregistré sur un ordinateur les informations contenues dans son passeport. Nom : Pitz, prénom : Alfred, date de naissance : 18/avr/1976, lieu de naissance : Marseille (Bouches-du-Rhône), date de délivrance : 13/déc/1995, date d'expiration : 12/déc/2000, domicile : 12, av. Trudaine, Paris IXe, taille : 1,74 m, couleur des yeux : noir. Elle a ensuite orienté sur lui le plus discrètement possible un boîtier oblong en plastique gris sur le devant duquel était pratiquée une petite ouverture rectangulaire. Scrutant l'écran, elle a pressé un bouton disposé sur le boîtier.

Trois, impair et manque !

Le bec est délimité par le revers du col. Deux pierres turquoise occupent la cavité des yeux. Alfred pose son verre de scotch, le troisième depuis qu'il est arrivé, sur le rebord de la table. A en juger d'après la couleur des plaques, la fausse blonde a encore gagné.

A présent, son visage est dans l'ordinateur. Comme il observait l'ouverture rectangulaire du boîtier, il regarde dans les yeux, inquiet, déjà coupable, les agents du service de sécurité.

Le croupier ratisse le tapis des deux mains, contournant soigneusement les piles de plaques placées sur la bonne case. Puis il projette d'un mouvement large de ses deux bras dans un orifice circulaire pratiqué dans la table l'ensemble des plaques qu'il a rapatriées.

Non. C'est pas possible. Elle est vraiment trop grosse.

Une Allemande attrayante, les bras nus, la peau blanche, plantée un peu plus loin près d'une table de black jack, caresse l'épaule de son mari. Alfred s'approche, se place derrière elle, regarde ses bras. Sa peau est fine, transparente, légèrement rosée. Il voit des veines, de minuscules points rouges, du duvet blond. Il s'approche encore un peu plus et renifle par-derrière l'odeur de ses aisselles. Poussant un cri, la jeune Allemande sursaute. L'homme lève la tête, écoute sa femme, s'avance vers Alfred. Relevant les manches de sa veste, une veste à motifs floraux d'une rare vulgarité, il baragouine quelque chose d'incompréhensible.

That's OK, s'excuse Alfred en reculant, effrayé, that's OK, forget it.

Suspendu aux boiseries, un grand tableau représente un aristocrate imposant vêtu d'un long manteau bleu brodé d'or. L'air satisfait, il s'appuie nonchalamment sur une fine canne dont l'extrémité repose sur un fauteuil placé à sa gauche.

Blanche et légèrement rosée : une goutte de grenadine diluée dans une grande bouteille de lait.

Alfred s'est réfugié tout tremblotant dans un angle de la salle, près d'une fenêtre. Trois Italiennes disgracieuses d'une vingtaine d'années sont assises sur une banquette. L'une d'elles porte des collants moirés couleur cuivre, une autre des bottes moulantes qui épousent la forme de ses mollets, Alfred regarde fixement son visage, s'attarde un instant dans ses yeux, des yeux gris-vert en amande, mais non, elle est vraiment trop laide, de fines lèvres, un grand nez, un menton acnéique, t'y arriveras pas, laisse tomber, il sort de la salle, descend au premier étage, pénètre dans une enfilade de salons. La jeune femme qu'il a repérée tout à l'heure est toujours là, assise sur un pouf de velours rouge.

T'emballe pas, Pitz. Elle doit attendre son mec.

Brune, grande, mince, très cambrée, elle est vêtue d'un tailleur sombre. Ses pieds forment entre eux un angle de cent vingt degrés, ses longues jambes sont incurvées, elle porte des lunettes rondes.

Alfred sort du salon, se dirige vers le bar, s'installe sur un tabouret. Le barman s'avance vers lui, un torchon à la main.

A double Jack Daniel's, please.

Dry ?

Dry.

Ballantine's, J&B, Glenfiddich, les bouteilles sont alignées, dentition miroitante, sur une longue étagère en verre, il en manque une, il y a un espace vide, le serveur replace sur l'étagère la bouteille de Jack Daniel's. Alfred se retourne, surveillant la salle.

J'aime la courbure de tes jambes.

Tu es le premier.

J'aime que tu sois cambrée.

C'est la première fois qu'un homme me dit ça.

J'aime la manière dont tu marches.

J'aime que tes seins soient bas.

J'aime tes oreilles décollées.

J'aime tes sourcils.

Aucun homme ne m'a jamais aimée comme tu m'aimes.

Le serveur a posé sur le comptoir le verre de Jack Daniel's. Alfred plante cruellement dans la chair d'une olive les pointes de trois cure-dents, se lève, sort de la salle, pénètre dans le petit salon, s'assoit sur une banquette de velours rouge.

La jeune femme se lève, allume une cigarette, s'approche des croisées, contemple le Grand Canal. Son mec ne s'est sans doute jamais aperçu qu'elle était si cambrée. Il ne l'a jamais regardée. Il l'aime sans la voir.

Savez-vous combien de flèches sont plantées dans le corps du Saint Sébastien de Mantegna ?

Alfred allume une cigarette et croise les jambes. La jeune femme se recoiffe en examinant son reflet dans la vitre. Une vedette accoste au ponton, au pied du palais.

Seize flèches. Huit dans la poitrine, deux dans la jambe gauche, cinq dans la droite, une dans son pied droit.

Alfred éclate de rire. A travers les vitres, il peut voir la façade carcérale, treize petites fenêtres rectangulaires munies d'épais barreaux, du Deposito del Megio. Un vieux monsieur, pivotant sur lui-même, le dévisage avec insistance. La jeune femme également.

Et dans le Saint Sébastien de Giovanni Bellini, à San Giovanni e Paolo ?

Il avale une petite gorgée de scotch et éteint sa cigarette. La jeune femme s'est détournée des croisées et déambule maintenant lentement d'un mur à l'autre. Elle se retourne vers lui de temps en temps. Elle semble soucieuse.

Seulement neuf. Quatre dans le torse, trois dans la jambe gauche, une dans la droite, une dans le bras droit. Le plus drôle, c'est qu'il n'a pas l'air de souffrir beaucoup moins que celui de Mantegna.

Vous me plaisez. Je vous invite à boire un verre chez moi. Nous serons plus tranquilles pour bavarder.

Alfred se lève, faisant tomber son cendrier. Au bruit produit par celui-ci sur le marbre, la jeune femme se retourne. Le voyant marcher dans sa direction, elle s'éloigne brutalement.

Salope.

Il monte au deuxième étage, traverse la salle principale, scrute les joueuses, les spectatrices, s'attarde dans un salon.

Il sort, descend dans le hall, dévisage une caissière, surveille la porte d'entrée.

Les gens le regardent bizarrement.

Il remonte au premier, traverse la salle principale, s'approche d'une grande brune.

Il gravit l'escalier, se déplace dans la foule pour voir les jambes d'une robe du soir en dentelle, tourne les talons, soupire, s'arrête au bord d'une table. La blonde décolorée ramasse une mise importante. Une jeune fille qui la tient par les épaules lui murmure quelque chose à l'oreille.

Il aperçoit l'Italienne. Elle discute avec ses deux copines près d'une table de black jack.

Elle va faire l'affaire. Imagine-la en train de jouir.

Il se rapproche. La jeune femme, levant les yeux sur lui, puis regardant la poche droite de son pantalon, s'éloigne brusquement.

Il les rattrape dans l'escalier. Les suit jusqu'au premier étage. Elles s'immobilisent près d'une table de roulette.

Si le schéma tripartite du palais est respecté, caractéristique de l'architecture gothique, les trois ordres classiques superposés, le module albertien des baies à arcs géminés, les colonnes engagées doublées, les bandeaux moulurés à chaque étage et la façade en pierre, qui témoignent de l'influence de la Renaissance toscane, font figure de nouveautés essentielles.

La main droite enfoncée dans la poche de son pantalon, il regarde le visage de l'Italienne de trois quarts. Elles l'observent. Elles s'enfuient précipitamment tout en parlant. L'une d'elles lâche une grimace de dégoût.

Les gens sont étranges. Tout le monde le regarde. Il sent une hostilité.

Il les rattrape dans l'escalier.

Vous parlez français ? Do you speak english ?

No, répond l'Italienne à bottes, thank you.

Elles s'éclipsent.

Depuis qu'il est là, c'est au moins la sixième flèche qu'on lui décoche.

Il s'oriente vers le bar. Il a du mal à respirer. Il ne pourra bientôt plus marcher.

Savez-vous combien de flèches sont plantées dans le Saint Sébastien de Véronèse, à San Sebastiano ?

Il demande un Jack Daniel's. Le serveur refuse de le lui servir. Il se dirige vers le petit salon.

La jeune femme est toujours là, assise sur un pouf. Un homme est agenouillé devant elle. Elle lui désigne Alfred d'un mouvement du menton. L'homme se retourne, le dévisage, écoute sa femme. Elle se lève en l'entraînant par le bras.

Seulement deux flèches. Dans l'épaule gauche et dans la jambe droite. Véronèse est le moins cruel des peintres de cette ville.

Alfred revient vers le comptoir.

May I have a Jack Daniel's ?

Le serveur réitère son refus.

Neuvième flèche.

Fuck you.

Il sort du bar. Il entre dans la salle principale. Il marche dans la salle principale. Il dépasse la deuxième table de roulette de la salle principale. Il s'approche de l'entrée de la salle principale. L'aristocrate à canne suit son périple. C'est interminable. Tout tourne autour de lui. Les flèches lui font mal. Un groupe de jeunes gens le regarde s'approcher. Ils le regardent bizarrement. Surtout la blonde. Un regard horrifié.

Il descend l'escalier, la main sur la rampe.

Vous êtes historien d'art ?

L'escalier n'en finit pas. Il s'assoit sur une marche. Ses plaies lui font mal. Il doit poursuivre. Il doit sortir d'ici.

Savez-vous combien de marches compte le campanile de Saint-Marc ?

Si c'est pas malheureux. Il vient d'entendre cette phrase. Une jeune femme. Accompagnée d'un homme. Elle se retourne. Elle est laide.

Vieille pute.

Quatre cent soixante-douze marches.

Il voit apparaître une grande rousse vêtue d'une robe du soir. Ses seins sont gigantesques. Son visage est assez laid. C'est pas trop tôt.

Savez-vous pourquoi le Saint Sébastien de Mantegna, qui a plus de flèches plantées dans le corps que celui de Bellini, n'a pas l'air de souffrir beaucoup plus ?

Il a entendu sa propre voix résonner comme un cri sous

les voûtes de la cage d'escalier.

Tout le monde s'est retourné. Tout le monde le regarde. Il s'est écroulé sur les marches.

La femme rousse, dressée en face de lui, le dévisage. Ses seins sont magnifiques. De larges aréoles claires. Son sexe est très fourni. Et ses aisselles. Trois touffes rouges luxuriantes. Elle sent mauvais.

Vous ne savez pas ?

Elle a déjà deux queues dans ses mains.

Les flèches le font souffrir.

Je vais te baiser comme une chienne.

Il a entendu sa propre voix résonner comme un cri sous les voûtes.

La rousse se précipite dans l'escalier. Elle dévale l'escalier en courant. Malgré ses hauts talons.

Les autres sont restés. Ils se sont éloignés mais ils sont restés. Ils ont formé un large cercle autour de lui.

Il veut qu'on l'aime.

Même l'Italienne à bottes.

Qu'elle le prenne dans ses bras.

Qu'elle lui embrasse les tempes.

Qu'elle le regarde mourir.

Qu'elle pleure.

Pietà.

Il s'est levé, appuyé contre le mur, les mains derrière le dos, la jambe droite légèrement fléchie, le visage légèrement relevé, légèrement tourné vers la droite, la bouche entrouverte, les traits tirés.

Ils forment un large cercle autour de lui.

Ils le contemplent.

Il voit la foule contempler ses plaies.
Compter les flèches.
Compatir à sa douleur.
Trois policiers gravissent les escaliers.

3.

La gondole dans laquelle il a été invité à monter, accompagné de deux policiers, descend lentement le Grand Canal. Dans un silence absolu, un silence d'eau tranquille, de statues, de palais vides, sans aucune lumière, sans la plus petite fenêtre éclairée, Alfred entend le clapotis des vaguelettes sur la coque, les plongées régulières de la rame, le souffle rauque du gondolier. Curieusement, aucune autre embarcation ne circule. Ce n'est qu'en dépassant la station Ca' d'Oro qu'il constate que les embarcadères des vaporettos n'existent plus.

Il est assis au milieu d'une salle immense richement décorée de fresques, de boiseries, de stucs, éclairée par trois lustres de cristal. Dix vieillards vêtus du même manteau bleu brodé d'or, appuyés sur des cannes, conversent sur une estrade au milieu d'une douzaine de tables de bistrot à piètement de fonte, à plateau de marbre circulaire, chargées chacune de verres, de carafes, de papiers, d'encriers. Près de la porte d'entrée, alignés, silencieux, un cartable à la main, se tiennent des écoliers d'une dizaine d'années.

Un serveur s'approche d'Alfred, les hanches couvertes d'un drap noué. Un code-barres est tatoué sur son bras droit.

Vous désirez ?

Il connaît ce visage. Il a déjà vu cet homme quelque part. En revanche, sa voix fluette ne lui dit rien.

Un lait grenadine s'il vous plaît. Une larme de grenadine dans un grand verre de lait. Peau de rousse. Je ne sais pas si je me fais bien comprendre.

C'est tout à fait clair. Vous êtes là pour votre déposition ?

Oui, c'est ça. Dites-moi, on ne s'est pas déjà rencontrés ?

Le serveur lui adresse un sourire. Puis il dispose le plateau derrière sa tête, fléchit légèrement la jambe droite, lève les yeux vers le ciel, entrouvre les lèvres, improvise une grimace implorante.

Ça y est, j'y suis, s'exclame Alfred, excusez-moi.

Le serveur abandonne la pose puis s'appuie sur la table.

Vous êtes tout excusé. J'ai l'habitude. En serveur, les gens ne me remettent pas !

Vous n'avez pas un peu grossi ?

Si, un peu ! Sept kilos ! Qu'est-ce que vous voulez ! C'est la tranquillité du salariat ! On se laisse aller !

Il s'éloigne dans un grand éclat de rire, faisant tambouriner avec ses genoux la surface métallique du plateau. Entretemps, un homme âgé vêtu d'une blouse grise s'est approché des écoliers. Dépliant une feuille de papier, chaussant de fines lunettes de fer, s'éclaircissant la voix, il commence à lire. Un micro-cravate est fixé sur le col de sa blouse.

Albrizzi ! Présent ! Balbi ! Présent ! Barbarigo ! Présent ! Barbaro ! Présent ! Bembo ! Présent ! Bernardo ! Présent !

Au plafond, Pluton kidnappe Perséphone. Sa toge s'est entrouverte, révélant un sexe énorme que le fresquiste a traité comme une colonne de temple grec, gris, rainuré, coiffé d'une sorte de chapiteau corinthien. La jeune fille, allongée sur le sol, se débat dans un désordre de falbalas, de voiles, de rubans, de boucles blondes. Une mule en léopard gît sur le sol un peu plus loin, désignant du talon la table d'Alfred.

Sur l'estrade, les vieillards conversent paisiblement. Ils se servent des orangeades, feuillettent des illustrés. Il semble y avoir unanimité. L'un d'eux se lève, un papier pelure à la main. D'un claquement de doigts, il ordonne l'ouverture d'une tenture. Sortent alors d'une alcôve, frôlant l'étoffe de velours rouge, clignant des paupières comme si elles avaient été cloîtrées dans une grotte, timidement, à pas comptés, la Blonde Décolorée, la Jeune Allemande, l'Italienne à Bottes, la Brune Cambrée, la Grande Brune Maigre, la Robe du Soir en Dentelle et la Rousse Corpulente.

Contarini Polignac dal Zaffo ! Présent ! Corner della Regina ! Présent ! Corner Spinelli ! Présent ! Dandolo ! Présent !

Imitant le spectateur retardataire qui passe courbé en deux devant l'écran d'une salle de cinéma, le serveur s'est approché sur la pointe des pieds. Il dépose le verre sur la table en chuchotant, essoufflé. Un coquillage entrouvert flotte à la surface.

Votre lait grenadine. Peau de rousse. Comme vous me l'avez demandé.

Merci beaucoup. C'est parfait.

Alfred avale une large gorgée, assoiffé. Sa boisson sent la transpiration.

Sur l'estrade, le vieillard sort de la poche de son manteau un boîtier noir qui s'avère être une télécommande. Il l'oriente, le bras tendu, en direction d'un écran géant. Apparaît alors, surgissant d'un désordre de zébrures, remplissant totalement la surface du quadrilatère en tissu, les traits tirés, la bouche entrouverte, le visage de la Brune Quelconque. Elle porte autour du cou un chapelet de perles rouges. Ses yeux scintillants fixent la caméra. Son visage est animé de mouvements réguliers, d'avant en arrière. On n'entend aucun son.

Dario ! Présent ! Dolfin Manin ! Présent ! Farsetti ! Présent ! Foscari ! Présent !

Lorsque Alfred boit, la coquille vient tinter contre ses dents.

L'air contrarié, le vieillard examine la télécommande, appuie successivement sur plusieurs touches, se tourne de temps à autre vers ses comparses pour s'excuser, regarde l'écran. A la suite d'une manipulation malencontreuse, des hurlements retentissent soudain dans la salle. Des cris, des soupirs, des gémissements.

Oui ! Plus vite ! Comme ça ! Fais-moi jouir !

La caméra s'est reculée, révélant les bras tendus, les épaules, les aisselles buissonneuses de la Brune Quelconque. Il ne fait aucun doute qu'elle est à quatre pattes. Etirée par la pesanteur, déformée, ballottante, sa poitrine se déhanche violemment sous les assauts répétitifs d'un torse musclé qu'on aperçoit en arrière-plan, décapité par le bord de l'écran.

Oui ! Mon amour ! C'est bon ! Plus fort ! Plus vite ! Oui ! Comme ça ! Défonce-moi la chatte !

La tête tournée vers l'écran, Alfred déguste son lait grenadine. Le visage de la Brune Quelconque est sublime de beauté. Ses joues blanches se sont embrasées. Le serveur est appuyé contre un mur, absorbé par le spectacle. Le drap blanc fait comme un chapiteau entre ses jambes.

Les vocalises de plaisir font exploser sur l'estrade, de table en table, selon un ordre aléatoire, les carafes de cristal.

Giustinian ! Présent ! Grassi ! Présent ! Labia ! Présent ! Loredan ! Présent ! Malipiero ! Présent !

Des zébrures défilent sur l'écran, store vénitien chahuté par une tempête. Puis le visage d'Alfred apparaît, regard de fou, de bête traquée, effrayé, déjà coupable. C'est une photographie de mauvaise qualité, accompagnée d'un sous-titre de trois lignes déclinant son identité. Survient alors, sur le modèle du florilège sportif, sélection des grands moments d'un match, un montage rythmé d'images animées. Alfred reconnaît sa silhouette se faufilant sous les lambris des salles de jeu, dévalant les escaliers, reniflant les aisselles de la Jeune Allemande, tournant autour de la Brune Cambrée, plantant des cure-dents dans une olive, se donnant en spectacle dans la cage d'escalier, les mains dans le dos, appuyé contre le mur.

Le serveur, qui s'est approché d'Alfred, pose une main tendre sur son épaule.

Pour l'imitation, vraiment, chapeau. Le visage n'est peut-être pas suffisamment incliné, mais bon, c'est un détail. Non, vraiment, bravo.

L'Italienne à Bottes, le visage dans ses doigts, pousse des hurlements.

C'est lui ! J'en suis sûre ! Je le reconnais !

Mocenigo ! Présent ! Pisani Gritti ! Présent ! Rezzonico ! Présent ! Vendramin Calergi ! Présent !

Brandissant sa canne, le vieillard s'avance d'un pas sur l'estrade.

Je pense que ce document se passe de commentaires ! Accusé, levez-vous ! A l'unanimité des dix membres du Conseil, vous êtes déclaré coupable ! Veuillez nous suivre !

A présent, Alfred traverse la ville. Il fait encore nuit. Il traîne derrière lui sur un diable de couleur rouge une caisse en bois volumineuse, d'un poids considérable. Ses vêtements lui ayant été confisqués, il est vêtu d'un drap blanc d'une propreté douteuse noué autour de ses hanches. Une foule nombreuse s'étend sur le parcours du cortège, le long des rues, aux balcons des palais, sur les places qu'il traverse. A chaque pont, renonçant aux vertus du diable, Alfred doit porter la caisse dans ses bras, la tirer sur les marches. Ses coudes sont écorchés, ses mains saignent, ses joues ruissellent d'une transpiration poussiéreuse et noirâtre. La plupart des femmes, des ménagères sur le déclin vêtues de blouses rapiécées, ont disposé à leurs pieds d'énormes cocottes minute dont elles extraient par poignées des spaghettis luisants qu'elles lui jettent au visage en hurlant. Certaines lui lancent des coquillages, d'autres des poissons, des œufs, des figues pourries.

Le son de la foule a été coupé. Il n'entend rien d'autre que les bruits qu'il produit lui-même, amplifiés, environnés de bourdonnements.

Alfred s'effondre au bas du septième pont, sanglotant. Il n'a plus la force de traîner la caisse. Une vieille femme coiffée d'un fichu noir lui jette au visage, depuis les croisées d'une maison, par-dessus l'étroit canal qu'elles surplombent, des poulpes gluants.

L'odeur de poissonnerie qui l'imprègne devient intolérable.

Alfred doit poursuivre. Il se relève, retourne chercher le diable de l'autre côté du pont, s'écroule, suffoque, reçoit en pleine figure une salve de coquillages, se redresse, gravit les marches, hisse la caisse sur le diable, s'essuie les tempes avec sa main ensanglantée.

On l'oblige à lécher les pieds d'une mendiante. Ils sont violets, couverts de croûtes, déformés par l'arthrose. L'ongle du gros orteil est une excroissance jaune, épaisse, gondolée, répugnante. Une odeur de gangrène lui saisit les narines.

Au sortir d'une ruelle, Alfred débouche sur le campo San Polo. Une foule innombrable est amassée sur la place. Les vieillards du Conseil des Dix l'attendent au pied d'un grand tilleul, assis sur d'énormes fauteuils de velours rouge. Ils tiennent leur canne entre leurs jambes.

Alfred dépose la caisse au pied du tilleul puis s'écroule sur le sol, épuisé. L'auriculaire de sa main droite est fracturé, il saigne abondamment du nez. Levant la tête au bout d'un long moment, il aperçoit son père. Il console tendrement sa mère en la prenant par les épaules. Son meilleur ami se tient derrière eux, le visage fermé, ainsi que son oncle, son professeur d'histoire de l'art, sa sœur, sa nièce de quatre ans. Eléonore est là aussi, sa fiancée, qu'il n'avait pas encore vue.

Alfred est heureux qu'ils soient tous là.

Il introduit un pied-de-biche entre deux lattes de bois, les écarte doucement l'une de l'autre, la disjonction produit un craquement creux d'os brisé.

Eléonore s'est réfugiée dans les bras d'un homme de forte stature qu'il ne connaît pas. Elle discute avec son oncle, son meilleur ami, son professeur d'histoire de l'art, regroupés tous ensemble aux premières loges, en lisière du cercle humain qui s'est formé autour de lui.

Une solidarité inébranlable les réunit. Ils lui font l'effet d'un bas-relief de marbre.

Les divers objets que contenait la caisse ont été suspendus

par des manutentionnaires aux branches du tilleul : une gigantesque sandale à talon aiguille en cuir noir décorée d'un pompon en plume d'autruche, un long sautoir de boules de pétanque imitant des perles d'huître, une impressionnante prothèse de jambe féminine de couleur claire, deux énormes testicules gonflés à l'hélium, se balançant souplement d'une branche à l'autre sous les caresses du vent.

Allongé sur le sol, la cheville gauche enserrée par une longue corde dont un homme vient d'envoyer l'extrémité par-dessus la branche maîtresse de l'arbre, Alfred voit s'approcher Eléonore. Elle porte une jupe courte, un bustier pigeonnant, des cuissardes. Il ne s'était jamais aperçu qu'elle ressemblait autant à la Marie-Madeleine du Titien.

Je ne pensais pas qu'il pouvait exister des hommes comme toi. Tu es l'être le plus abject que j'aie jamais rencontré.

Elle lui crache au visage, avant de s'éloigner.

Son meilleur ami s'approche à son tour, prenant Eléonore par les épaules.

Tu n'es qu'une merde. Une vermine. Une pourriture. Ne compte jamais nous revoir.

Lui succèdent alors, comme à un enterrement, défilant les uns derrière les autres, lui crachant au visage, lui lançant des insultes, lui déversant sur le corps les détritus les plus divers, ses parents, sa sœur, son oncle, son professeur d'histoire de l'art.

Tu n'es qu'un monstre.

Personnage immonde.

Charogne.

Tu peux crever.

Prends ça dans ta sale gueule.

Sa petite nièce réclame une poignée d'olives vertes qu'elle lui jette au visage maladroitement, d'un geste inoffensif.

Tiens.

Une douzaine d'hommes tirent la corde. Celle-ci se tend, Alfred est traîné sur le sol, il sent sa jambe gauche se soulever, il marche avec ses mains, s'élève, voit le sol s'éloigner.

A présent, il se balance à la branche du tilleul.

Les palais sont à l'envers, la foule est à l'envers, Eléonore est à l'envers.

On continue à lui lancer des spaghettis alle vongole, des poulpes, des poissons pourris.

Il voit Eléonore s'entretenir avec son professeur d'histoire de l'art.

Au petit matin, aidé de gondoliers trouvés sur place, Barbichette viendra peut-être le descendre.

Au petit matin, la Brune Quelconque viendra peut-être le recueillir dans ses bras.

Doucement.

Tendrement.

Sanglotant.

Lui caressant les tempes.

Déposition.

ANTOINE BELLO

Après un recueil de nouvelles, **Les Funambules**, *Antoine Bello (né en 1970) a publié* **Eloge de la pièce manquante**, *son premier roman, en 1998 chez Gallimard/La Noire. Etonnamment maîtrisée, la construction de ce livre, qui imagine un championnat international de puzzle en toile de fond d'une série de meurtres, a pourtant moins à voir avec l'univers du roman noir qu'avec celui de Nabokov, auquel il emprunte son goût pour le jeu littéraire sophistiqué. Les pages qui suivent sont extraites de son prochain livre, réflexion sur le vrai, le faux, la fiction et l'information.*

L'Actualité

1.

Le 30 septembre de l'année 1991, tout ce que les médias français comptent de journalistes fut invité à se rendre au Grand Hôtel, pour assister à la conférence de presse qu'y donnait Charles de Viremont au salon Berlioz.

Devant un conséquent parterre, le maître de céans annonça la sortie le lendemain de la première édition d'un nouveau quotidien, *L'Actualité.*

"Mon journal, expliqua-t-il en substance, ne se distinguera guère des autres journaux, à ceci près que 1 % des informations qu'il contiendra seront fausses. Certains articles seront rigoureusement exacts, de la première jusqu'à la dernière ligne. D'autres prendront des libertés avec un chiffre, une date. D'autres encore traiteront d'événements ou de personnages qui n'ont pas existé. Rien dans la mise en page du journal ne permettra de savoir a priori en entamant la lecture d'un article dans quelle catégorie il se range. Nous ne publierons pas d'erratum et la liste des écarts ne sera pas imprimée à l'encre sympathique en dernière page du journal."

Une fois passé la surprise, les confrères de De Viremont l'interrogèrent sur ses motivations. Que diable le poussait à entreprendre une telle aventure ? Tenait-il en sa possession des éléments révélant le goût du public pour ce mode de traitement de l'information ? Qui étaient ses commanditaires ? Disposait-il de soutiens politiques ? Autant de questions auxquelles de Viremont répondit posément. Il confessait un manque total d'expérience dans le secteur de la presse. Il ne pensait pas que la révélation de son parcours personnel pût édifier en quoi que ce soit les futurs lecteurs de *L'Actualité.* Il avait en effet un commanditaire, un important groupe de communication international dont il ne souhaitait pas révéler le nom. Il s'était bien gardé d'intéresser le monde politique à son entreprise ; au contraire, il avait été soucieux de maintenir le secret sur les préparatifs du lancement, à tel point qu'il pensait pouvoir dire – ses confrères le contrediraient au besoin – que personne dans le pays, en dehors des cinquante-cinq journalistes du titre et de deux ou trois personnes clés au sein des NMPP, n'était au courant de l'apparition d'un nouveau venu dans le paysage de la presse quotidienne nationale.

Pouvait-il donner un exemple de fausse information que diffuserait son journal ? Bien sûr, répondit de Viremont, mais il préférait donner rendez-vous au public le lendemain dans les kiosques. Chacun serait alors en mesure de découvrir *L'Actualité,* de s'en faire sa propre idée et de s'amuser à débusquer les informations détournées. Sur ce, il fit mine de ne pas voir les dizaines de bras qui se dressaient encore et annonça que la conférence de presse était terminée.

De Viremont avait incontestablement bien préparé son

affaire. La naissance de *L'Actualité* constitua le plat de résistance de la tranche d'information du soir. Faute d'avoir eu le temps de se concerter, les différentes chaînes de télévision manquèrent l'union sacrée qui aurait peut-être encore pu, à ce stade, torpiller le projet. RTL évoqua une "initiative singulière à suivre de près". Henri Trohain sur France Inter salua par principe l'arrivée d'un nouveau titre, avant de rappeler sentencieusement que la désinformation avait déjà eu la peau de plusieurs démocraties. Quant à TF1, invoquant la coïncidence entre la naissance de *L'Actualité* et la récente disparition du tabloïd *Infos du monde,* elle diffusa un reportage sur les plus belles "exclusivités" du défunt titre : "Un sauteur à ski percute un hélicoptère en plein vol", "La femme la plus vieille du monde raconte : j'ai été violée à la bataille de Marignan" ou encore ce témoignage d'un homme qui avait été enfermé trois semaines entières dans les sanisettes du XIIe arrondissement.

Le premier numéro de *L'Actualité* se vendit à plus de 280 000 exemplaires, un score impressionnant qui surprit tous les observateurs. Comme l'on pouvait s'y attendre, ceux-ci se jetèrent sur le quotidien à la recherche des informations maquillées. Ils n'allèrent pas chercher bien loin : le nom du ministre des Finances était écorché à la une et les dates du prochain sommet européen étaient avancées d'une semaine. Hormis ces détails, la première page de *L'Actualité* ne se distinguait guère de celle de ses concurrents. Elle mettait l'accent sur les mêmes nouvelles, qu'elle traitait avec la même distance et dans une mise en page à peine différente. Aucune mention, aucune mise en garde ne venait rappeler le positionnement un peu particulier du titre, à tel point que de nombreux marchands de journaux qui étaient passés au travers du tapage de la veille le vendirent en toute bonne foi pour ce qu'il n'était pas.

A dix-neuf heures ce même jour, de Viremont diffusa un communiqué, aussitôt relayé par toutes les rédactions du pays et qui commençait ainsi :

"Conformément à ce que nous avions annoncé, chaque numéro de *L'Actualité* contiendra environ 1 % d'éléments inexacts. La liste suivante énumère cent des cent quatre-vingt-sept informations incorrectes que comportait le numéro de ce matin :

Page 1

– Le nom du ministre des Finances est mal orthographié.

– Les dates du prochain sommet européen ont été avancées d'une semaine.

Page 2

– Le tableau récapitulatif de l'excédent du commerce extérieur français depuis 1988 est faux.

– Dans le tableau suivant, les colonnes de l'Allemagne et de l'Italie ont été permutées.

– Percy J. Walker n'a jamais pris part aux négociations commerciales entre les Etats-Unis et le Japon. Percy J. Walker n'existe pas.

– Jacques Vallet est député de la Creuse et non de la Côte-d'Or. Il a quarante-quatre ans et non cinquante-huit. Il est socialiste et non communiste.

(...)

Page 17

– Le sprinter italien Torinelli a remporté le cent mètres

plat des championnats du monde en 10 s 02 et non en 9 s 96.

– Le lancer du marteau féminin n'est pas une épreuve officielle. La Tchèque Bilissova lance le disque.

(...)

Page 20

– Le musée des Arts et Traditions populaires ferme à dix-huit heures en semaine. Il est fermé le dimanche. Aucune exposition sur la tribu Bantamolé n'est prévue sur la saison 1991-1992.

– Le Studio Galande joue le film *Barry Lyndon*. Le film *Ran*, du Japonais Kurosawa, a été déprogrammé il y a quinze jours.

– L'article "Heide, l'ami de Schiele et Kokoschka" est faux de bout en bout. Heide n'a jamais existé. La toile reproduite en illustration de l'article *(Schmerz im Himmel)* est l'œuvre d'un de nos collaborateurs.

Page 21

– Dans la rubrique météo, les températures de toutes les villes de France sont celles de l'année dernière.

– Il ne neigera pas à Tunis."

Ce communiqué, le premier et le dernier que signa de Viremont, suscita quelques commentaires. De toute évidence, de Viremont avait voulu donner un aperçu de l'ampleur de son entreprise de contrefaçon. Mais dans le même temps, en ne dévoilant qu'une grosse moitié de ses interventions, il espérait probablement stimuler la curiosité de ses lecteurs et les inciter à chercher par eux-mêmes les erreurs restantes.

Le calcul se révéla une fois de plus excellent. Le lendemain, *Le Figaro* publia la liste exhaustive des cent quatre-vingt-sept erreurs, au prix d'une mobilisation sans précédent de l'ensemble de la rédaction. *Le Monde,* qui paraissait quelques heures plus tard, tourna en ridicule l'initiative de ses confrères, annonçant la réapparition prochaine d'un jeu des sept erreurs dans les pages du *Figaro Magazine.* L'éditorialiste du *Monde* ne put toutefois pas s'empêcher de pointer triomphalement une "fausse erreur" qui traînait au milieu de la liste du *Figaro.* Si, le chroniqueur Jean Lamardière avait bien existé. C'était un grand ami de Man Ray et de Cendrars et on lui devait certaines des plus belles pages écrites sur Montparnasse. Cette rectification faite, *Le Monde* se garda bien de révéler l'erreur manquante qui demeure, plus de sept ans après, un mystère (on tient généralement pour acquis que de Viremont n'a pu s'empêcher de glisser une erreur jusque dans son communiqué).

L'indifférence amusée des autres journaux se transforma bientôt en farouche opposition quand furent confirmés les chiffres de tirage de *L'Actualité.* Après le pic de curiosité que connaissent tous les nouveaux titres, les ventes s'étaient stabilisées autour de 150 000 exemplaires. D'où venaient ces lecteurs ? Une étude de lectorat fit apparaître que le plus gros contingent (environ 25 000) provenait d'un report des habitués du *Parisien.* Mais tous les autres titres contribuaient à leur niveau au succès de *L'Actualité. France-Soir* fournissait 13 000 lecteurs, *Libération* 11 000, *Le Monde* et *Le Figaro* 10 000 chacun, *Ouest-France* 8 000, *L'Humanité* 5 000 et jusqu'à *L'Equipe* 3 500.

Du jour où ces chiffres furent rendus publics, *Le Monde* entama dans ses colonnes une violente campagne de dénigrement. Il ne se passait pas une journée sans qu'un article, un éditorial, une brève ne rappelle à quelle entreprise de déstabilisation se livrait la rédaction de *L'Actualité*. On n'eut pas peur d'employer les grands mots : "désinformation des masses", "confusion du réel", "abêtissement du lecteur", "mystification de grande envergure", etc. Intellectuels, historiens, psychologues se succédèrent dans les pages *Débats* (qui jamais ne portèrent aussi mal leur nom) pour fustiger cette "monstrueuse initiative".

Alain Fagot rappela à quel point la frontière était mince, qui séparait la fiction du réel. "Elle est comme une cloison si fine, écrivit-il, que parfois le bourdonnement de l'illusion couvre le chuchotement de la réalité. Des travaux d'isolation s'imposent." Armand Saint-Olive, lui, compara de Viremont à Goering. "Dans un an, développa-t-il, nous serons en pleine campagne électorale. Qui nous dit que *L'Actualité* n'est pas vendue à un parti et qu'elle ne cherchera pas à manipuler l'opinion ?"

Ces attaques, plus viles les unes que les autres, se brisèrent toutes sur le mutisme de *L'Actualité* et de ses journalistes. "Les chiens aboient et la caravane passe", lâcha un soir dans un dîner Charles de Viremont, visiblement amusé, avant de décocher cette pique assassine : "Dans cette affaire, chacun fait son travail selon ses principes."

Le lendemain, *Le Monde* portait plainte contre *L'Actualité*. Concurrence déloyale, atteinte aux principes déontologiques de la profession, diffusion d'informations de nature à attiser la haine raciale figuraient parmi la vingtaine de griefs invoqués. L'instruction fut courte, l'avocat de la défense se contentant de déposer sur le bureau du juge la pile des trente-cinq numéros de *L'Actualité* parus à ce jour. Le 19 novembre, *Le Monde* fut débouté de toutes ses plaintes. Le juge, visiblement perplexe, précisa qu'aucun texte de loi n'interdisait un tel mélange des genres. Tout dans son ton indiquait qu'il n'y aurait personnellement pas été hostile.

L'institution étant sauve, on attaqua l'homme. Comme on ne savait rien sur de Viremont, on put écrire n'importe quoi sans crainte d'être contredit : qu'il était un agent soviétique, que le groupe de communication qui l'employait soutenait des théories révisionnistes, qu'il avait été le conseiller personnel de Pol Pot de 1973 à 1975 ou qu'il avait une dizaine d'enfants naturels disséminés sur les cinq continents. De Viremont ne se défendit même pas.

Faute de réaction, le filon du *Monde* commença à se tarir. Celui de *L'Actualité,* au contraire, atteignait chaque jour à une épaisseur supplémentaire.

Car, dans l'intervalle, la chasse aux fausses informations était presque devenue un sport national, à tel point que dans une mince frange de la population, un certain snobisme entoura bientôt la lecture de *L'Actualité.* Il était très chic d'en avoir un exemplaire sous le bras en déambulant aux Tuileries, de l'ouvrir, avec une certaine nonchalance mais non sans ostentation, à la terrasse du Flore ou des Deux-Magots. L'air pénétré que l'on prenait en parcourant les articles s'illuminait de temps en temps d'un petit sourire complice, qui signalait à la cantonade que l'on avait encore pris de Viremont en flagrant délit d'affabulation. "A moi, on ne me la fait pas", semblait dire le lecteur de *L'Actualité,* qui s'abritait derrière plusieurs prétextes pour justifier sa nouvelle marotte. "Je cultive mon sens critique", disaient volontiers les hommes ; “C’est tellement rafraîchissant”, préféraient arguer les femmes.

Et de fait, pendant cette période qui s’étend d’octobre 1991 à juin 1992, peu de dîners en ville échappèrent au rite qui consistait, généralement au moment du café, pour chaque convive à citer les inexactitudes qu’il avait relevées dans le numéro du jour. La maîtresse de maison qui redoutait le moment où, repassant au salon, il lui faudrait donner son avis sur la dernière exposition d’art floral japonais pouvait se reposer sur *L’Actualité* pour alimenter la conversation. Chacun était sûr d’avoir été le seul à remarquer telle ou telle altération. Il y avait ceux qui épluchaient méthodiquement les résultats sportifs à la recherche d’une erreur dans le nom d’un buteur ou d’un match nul improprement donné pour une victoire. D’autres faisaient vérifier par leur secrétaire les nombreuses statistiques économiques qui émaillaient les articles. Plus que de pointer une erreur, ils aimaient pouvoir reconstituer le raisonnement du journaliste. Noter une invraisemblance dans les statistiques du PIB du Bénin était à la portée du premier venu et n’était de fait guère considéré. En revanche, quiconque remarquait qu’on leur avait substitué les chiffres du Sri Lanka était automatiquement assuré d’un triomphe. Et que dire de la jubilation que l’on pouvait éprouver à corriger son voisin : “Mais si, je vous assure, Clara Florini a bien existé. Sa tessiture a un peu restreint son répertoire mais dans *Aïda*, par exemple, elle est littéralement éblouissante.”

La frénésie qui s’empara des salons ne parvint toutefois jamais à déflorer plus du dixième des fausses informations contenues dans un numéro de *L’Actualité*. Même les lecteurs occasionnels les plus avertis ne relevaient jamais plus de vingt ou trente invraisemblances, bien loin des quelque deux cents promises par de Viremont dans son communiqué historique. Une petite équipe de passionnés monta un serveur Minitel (3615 Vrai-faux), qui se donnait pour but de recenser toutes les fausses informations de *L'Actualité*. Les animateurs du serveur assuraient la plus grande partie du travail. Chaque jour vers onze heures, ils mettaient en ligne une centaine d'erreurs. Pour le reste, ils comptaient sur la coopération du public. Toute altération signalée était contrôlée puis incorporée sur le serveur, avec le nom de son "inventeur". Un classement minutieusement tenu à jour répertoriait les contributeurs les plus réguliers.

2.

L'Actualité parut cent quatre-vingt fois. En supposant que chaque édition contenait deux cents fausses informations, ce sont quelque 36 000 altérations ou inventions qui furent livrées au public. Elles ne pouvaient, bien entendu, toutes être incohérentes.

J'ai sous les yeux le listing des erreurs recensées par le serveur 3615 Vrai-faux. C'est une liasse totalement brute, de près de huit cents feuillets, dans laquelle plusieurs lectures m'ont permis de discerner un semblant d'ordre. Car j'affirme ici que ce n'est pas le hasard qui a présidé à l'éparpillement de ces 36 000 vraies fausses informations. Au contraire, mises bout à bout, celles-ci finissent par dessiner un monde en creux, fascinant lieu des possibles. Quels en sont les aspects les plus saillants et en quoi se distingue-t-il du monde que nous décrivent les autres journaux ?

Si je devais commencer par une boutade, je dirais qu'il y fait plus chaud. La moyenne des températures données dans les colonnes de *L'Actualité* excède de plus de deux degrés les relevés de Météo France. Certains départements (le Finistère, l'Ain, la Mayenne) semblent en outre jouir d'un microclimat particulièrement favorable : il n'y pleut pratiquement jamais ; y règne une douceur quasi subtropicale.

L'étude de la science géographique selon *L'Actualité* révèle d'autres surprises. La France n'occupe plus que 544 000 kilomètres carrés, sans qu'il soit possible de savoir d'où a été soustraite la terre manquante. Le tracé des frontières enregistre également quelques fluctuations, un reportage sur le futur TGV-Est nous apprenant ainsi que Strasbourg est désormais éloigné de vingt kilomètres supplémentaires de Paris, sans que dans le même temps ne changent les distances qui séparent la capitale du Bas-Rhin de Mulhouse ou de Colmar. L'hydrologie n'est pas en reste. La Silure devient le quatrième plus long fleuve de France. Le recoupement des diverses sources mentionnant ce cours d'eau m'autorise à penser que la Silure relie en fait plusieurs rivières (l'Isle, l'Auvezère, la Dilane, la Vienne et d'autres), quitte à les prolonger d'un trait de crayon et à leur faire traverser les régions les plus arides.

Toutes ces modifications géographiques ne prêteraient pas à conséquence si elles n'induisaient parfois des affrontements ethniques particulièrement violents. Hongrois et Slovaques se livrent depuis 1991 une guerre larvée mais bien réelle pour une bande de terre située dans une boucle du Danube. Le 2 février 1992, la milice slovaque (en fait une bande de paysans dopés à l'alcool de pomme de terre) annexa, au prix de centaines de morts, le petit bourg d'Esztergom. Ni les plaintes officielles du gouvernement hongrois ni les injonctions solennelles des Nations Unies ne réussirent à ramener à la raison le dictateur Stivinia (qui, j'ai oublié de l'indiquer, avait pris le pouvoir dans la nuit de Noël 1991). Il fallut que le voisin tchèque (la sécession entre Slovaquie et République tchèque ayant eu lieu selon *L'Actualité* dès 1990, soit quelques années avant que la nouvelle n'en parvienne aux lecteurs de la presse traditionnelle) le menace d'une intervention armée pour que Stivinia donne l'ordre d'évacuer Esztergom au début du mois de mars 1992.

De manière générale, la géopolitique semble constituer l'un des domaines de prédilection des journalistes de *L'Actualité*. Parmi leurs plus belles trouvailles, il faut citer l'invention de l'ANUP (African Nations United for Peace) et le discours lyrique que sa première assemblée plénière inspira à Javier Pérez de Cuéllar ; la création d'un candidat fantoche à l'investiture démocrate qui souffla la victoire à Clinton dans trois primaires (New Hampshire, Maine, Maryland) ; l'écrasement d'une révolte paysanne dans les îles Moluques en Indonésie (10 000 morts) ; l'entrée imminente de la Turquie dans la Communauté européenne, etc. Au-delà des péripéties domestiques, on devine dans les chroniques de *L'Actualité*, et particulièrement dans les éditoriaux de De Viremont, un subtil déplacement de l'équilibre Nord-Sud. L'Afrique se prend davantage en main que ne le laissent supposer les autres journaux ; ses dirigeants introduisent de nouvelles techniques de culture du manioc et obtiennent des Etats-Unis qu'ils lèvent les droits de douane sur plusieurs catégories de produits semi-manufacturés. L'Europe, quant à elle, semble isolée, incapable d'assimiler les nouvelles technologies développées outre-Atlantique et comme frappée de stupeur devant les spectaculaires progrès accomplis par les pays asiatiques. L'Inde, c'est à noter, n'apparaît que très rarement sous la plume des journalistes de *L'Actualité*. Bizarrement, une certaine indulgence entoure le mouvement séparatiste sikh.

Les pages artistiques connurent, elles aussi, leur lot de falsifications. Heide, l'ami de Schiele et de Kokoschka, fit l'objet de plusieurs rétrospectives et même d'une exposition éphémère à la galerie Van Riis d'Utrecht. J'ai récemment vu apparaître son nom au milieu d'une foule d'autres dans un ouvrage consacré à l'expressionnisme allemand (*L'Homme en noir et blanc,* Editions Comme si). En novembre 1991, *L'Actualité* prit fait et cause pour *Amérique, itinéraire d'un ingénu* dans la course au Goncourt. Des milliers de lecteurs demandèrent à leur libraire un livre qui n'existait pas. Enfin, entre le 17 et le 23 novembre 1991, le titre consacra un dossier volumineux à l'art de la rue. Sans qu'on puisse être catégorique, il semble qu'aucun journaliste de *L'Actualité* n'ait pris la peine de se rendre sur le terrain. Quel crédit, dans ces conditions, accorder au témoignage d'un Moussa, sculpteur sur glace, scandalisé de s'être vu refuser l'inscription au fonds d'indemnisation des travailleurs saisonniers ? Et que penser de la bonne fortune de Ramon, tambourineur andin qui se félicite que les travaux de rénovation de la station de métro Saint-Michel aient entraîné un doublement de la recette quotidienne de sa formation musicale, le Machu Pichu Orchestra ?

Mais, s'il fallait au bout du compte ne retenir qu'une

seule mystification de *L'Actualité,* je choisirais sans hésiter le traitement qu'accorda le journal à la naissance aux Etats-Unis d'un circuit professionnel de puzzle de vitesse.

Le lecteur se souvient sans doute que le circuit professionnel de puzzle de vitesse fut créé au début des années quatre-vingt-dix aux Etats-Unis par le milliardaire Charles Wallerstein. Il réunissait les meilleurs spécialistes de la planète qui s'affrontaient, devant les caméras de télévision, sur des modèles tirés du patrimoine américain. Le circuit, dit aussi JP Tour, rencontra rapidement un vif succès, qu'amplifièrent en 1995 la disparition de son champion, le jeune Américain Nicholas Spillsbury, et une vague de meurtres particulièrement sordides qui n'ont, à ce jour, toujours pas été élucidés.

Bien que les épreuves se déroulassent toutes outre-Atlantique, la presse européenne, et notamment française, rendit compte assez largement de l'essor de cette nouvelle forme de divertissement. Elle avait à cela quelques raisons. Le puzzle de vitesse est une discipline relativement populaire dans les pays scandinaves (Danemark, Suède et Norvège en tête ; moins en Finlande ; pas du tout en Islande) et au Benelux (Belgique, Pays-Bas et Luxembourg), où s'affrontent chaque week-end des dizaines de milliers de joueurs amateurs. Plus aguerris que leurs adversaires africains et américains, les quelques représentants européens du JP Tour prirent assez naturellement l'ascendant sur la compétition pendant les deux premières saisons.

A ce souci légitime de couvrir les performances de leurs ressortissants, s'ajouta chez les médias européens une certaine curiosité pour la naissance *ex nihilo* d'un nouveau circuit professionnel. Les Etats-Unis vivent depuis des décennies au rythme des retransmissions du base-ball, du football et du basket. Quelques sports mineurs, bowling, volley de plage, billard, tentent régulièrement, mais en vain, de ravir la vedette à ces piliers de l'*american way of life*. Le succès foudroyant que remporta le JP Tour en l'espace de trois saisons témoignait d'un sens de l'anticipation, d'une audace que saluèrent les observateurs européens, habituellement si prompts à décrier les mœurs du Nouveau Continent.

Les principaux quotidiens nationaux rapportèrent presque systématiquement les résultats des épreuves. *Libération* consacra en outre deux articles d'une page, l'un au palmarès de la première saison *(Les fêlés de la pièce de bois)* et l'autre au personnage truculent de Charles Wallerstein *(La nouvelle marotte du citoyen Wallerstein)*. Dans le cadre d'un reportage intitulé *Ces hommes qui défient le chronomètre*, *France-Soir* publia une photo prise en finale du tournoi de Charlotte. Enfin, c'est paradoxalement dans son cahier *Livres* que *Le Monde* choisit d'apporter sa pierre à l'édifice, en établissant un parallèle entre la naissance du circuit et la réédition de l'essai culte de Neville Batterson, *Eloge de la pièce manquante*.

Mais de tous les quotidiens, c'est bien *L'Actualité* qui ouvrit le plus régulièrement ses colonnes au puzzle, parvenant (presque) à donner une idée de l'engouement que suscitait le JP Tour auprès du public américain. En moins de huit mois, *L'Actualité* publia cinquante-trois textes sur le JP Tour, depuis le laconique communiqué annonçant l'élimination du représentant français au stade des huitièmes de finale jusqu'à un dossier de six pages le 7 janvier 1992, qui campait les forces en présence à l'orée de la deuxième saison. Entre les deux furent successivement abordés tous les aspects du nouveau circuit : un rappel des règles du jeu (25/9/91), une étude comparative des différentes techniques d'assemblage (20/11/91), un portrait d'Olof Niels (14/12/91), etc.

J'en viens maintenant au cœur de mon sujet, à ces différences qui existent entre les articles de Frison-Roche, le correspondant de *L'Actualité* aux Etats-Unis, et la réalité. Les différences, ou décalages comme je les baptisai bientôt, sont de deux ordres.

Les *altérations,* que l'on pourrait d'abord prendre pour des erreurs, sont les plus nombreuses. Le malheureux Norvégien Trombdø voit immanquablement son nom orthographié Trømbdo ; le palais des Sports de l'hôtel Mirage se transforme en palais des Jeux ; Olof Niels est crédité de trois victoires dans l'Open SAS alors qu'il n'en remporta jamais que deux. Rien de bien grave me direz-vous et, de fait, je n'y aurais sans doute pas prêté grande attention si Frison-Roche ne persistait dans ses erreurs avec une étonnante constance. Les durées des parties qu'il indique dans ses articles sont par exemple fréquemment erronées : un 21 mn 34 s devient 22 mn 34 s ; un 20 mn 16 s est arrondi à 20 mn, etc. J'ai fini par remarquer que ces "erreurs" n'affectent qu'une poignée de joueurs et qu'elles vont toujours dans le même sens. Le Néerlandais Krijek est régulièrement spolié d'une dizaine de secondes, tandis que le Colombien Neto, pour quelque obscure raison, passe plus souvent qu'à son tour sous la barre des vingt minutes.

Plus rares mais plus intéressantes sont les quelques pures *inventions* dont nous gratifie Frison-Roche. L'édition du 5 novembre 1991 publie les résultats d'un tournoi qui ne s'est jamais tenu. Censément disputé du 28 octobre au 3 novembre, l'Open de Boulder (une petite ville du Colorado) aurait vu la victoire du Danois Olof Niels sur l'Allemand Tackl. Renseignements pris (je tiens à disposition de qui voudrait le voir un courrier de la main de Diana Dobbs, la directrice générale de la Fédération), Boulder n'a jamais accueilli d'épreuve du JP Tour et aucun tournoi n'a eu lieu entre ces dates sur l'ensemble du territoire.

Le talent de Frison-Roche se manifeste surtout dans l'enrichissement (voire dans la constitution de toutes pièces) des biographies des membres du circuit. Le monde entier connaît Olof Niels, ce géant danois, grand amateur de chair fraîche, qui remporta les deux premières couronnes du JP Tour avant de périr des mains du Tueur au Polaroid. Il semble que les traits les plus caractéristiques de Niels (un appétit légendaire, une libido monstrueuse, une force physique hors du commun) inspirèrent Frison-Roche au point de lui dicter quelques épisodes inédits de la vie de cet ogre. La comparaison minutieuse de dizaines de témoignages me fonde à dire que cette nuit de mars 1987 où, bloqué dans un car par la fonte des neiges, Niels aurait satisfait les quatorze joueuses de l'équipe de basket de Copenhague n'a jamais existé que dans l'imagination du correspondant de *L'Actualité.* Pas plus que ne serait fondée la rumeur selon laquelle le Danois, dépité d'avoir été éliminé au premier tour du tournoi de Raleigh, aurait englouti la totalité du contenu du minibar de sa chambre, flûtes à champagne et ouvre-bouteilles compris.

Mais c'est le personnage de Gaitán Urucue qui constitue sans nul doute la plus belle invention de Frison-Roche.

Jeune Colombien de vingt-deux ans, il signe son arrivée sur le circuit par une méritoire quatrième place à l'Open de Boulder (je me demande parfois si, dans l'esprit de Frison-Roche, le tournoi de Boulder a eu un jour un autre office que de faciliter l'ascension de son protégé). Il s'impose très vite comme l'un des rivaux les plus sérieux de Niels. Il pratique le colorisme, mais un colorisme spontané, loin de l'académisme européen, qui désoriente tous ses adversaires. Beau garçon, si l'on en croit les photos de *L'Actualité*, Urucue ne tarde pas à se fiancer (en janvier 1992) avec Lorraine Castaldo, la fille du sénateur républicain Castaldo, un des plus farouches soldats de la lutte contre la drogue aux Etats-Unis. Las ! Le 2 mars de la même année, *L'Actualité* publie des extraits d'un rapport réalisé par le FBI à la demande du sénateur Castaldo. Les conclusions sont formelles : Gaitán appartient par sa mère au clan des Parenque, une des cinq grandes familles du cartel de Medellín. Luis Parenque, le cousin par alliance de Gaitán, est d'ailleurs sous le coup d'une procédure d'extradition engagée à la demande de Castaldo. C'est plus que n'en peut supporter le bouillant sénateur. Malgré les dénégations apparemment très sincères d'Urucue, les fiançailles sont rompues dans la semaine.

3.

Dans le courant du mois d'avril 1992, Charles de Viremont fit réaliser une étude de lectorat par un organisme indépendant. Sans doute les résultats pesèrent-ils dans la décision qui fut prise, quelques jours plus tard, de suspendre la parution du journal.

Il ressortait d'abord de l'enquête que 59 % des 135 000 lecteurs de *L'Actualité* ignoraient ce qui différenciait leur journal favori du reste de la presse quotidienne. Encore trouvait-on parmi les 41 % restants quelques réponses surprenantes : "C'est un journal où tout est faux" (2 % des personnes interrogées) ; "C'est un journal satirique" (1 %) ; "Au début, il donnait des fausses informations" (3 %).

A ce stade du sondage, la personne interrogée se voyait rappeler la mission de *L'Actualité,* telle que l'avait définie quelques mois plus tôt son président et rédacteur en chef. On lui demandait alors "ce qu'elle pensait d'un journal contenant 1 % de fausses informations". Là encore, les réponses, quoique divergentes, n'en fournissaient pas moins de précieux enseignements. "Je n'y trouve pas plus de choses fausses que dans les autres journaux" est l'assertion qui revenait le plus souvent (36 %), suivie par "Ça met du piment dans l'actualité" (19 %) ou encore "De toute façon, je suis incapable de distinguer les informations vraies de celles qui ne le sont pas" (15 %).

Enfin – et ce dernier volet du sondage fit l'objet d'abondants commentaires tant des partisans que des détracteurs du journal, 65 % des lecteurs s'estimaient mieux informés par *L'Actualité* que par les autres quotidiens. Quand on lui demanda de justifier sa réponse, un membre de l'échantillon, grand consommateur d'information sous toutes ses formes, argua que les articles de *L'Actualité,* à défaut d'être toujours vrais, étaient toujours plausibles et cohérents. On n'y apprenait pas forcément ce qui était mais ce qui aurait pu être. A son avis, cela présentait au moins autant d'intérêt.

4.

Le 30 avril 1992, Charles de Viremont tint une deuxième conférence de presse, dans le même salon Berlioz qui l'avait vu, sept mois plus tôt, dévoiler son projet à un parterre médusé.

“Je serai encore plus bref que la première fois, prévint-il, et je ne répondrai pas à vos questions. J'ai décidé, avec l'accord de mon actionnaire majoritaire, de stopper la publication de *L'Actualité*. Les bénéfices que nous avons réalisés depuis sept mois serviront à indemniser les salariés de l'entreprise. Car notre performance commerciale n'est pas en cause : notre lectorat s'est stabilisé aux alentours de 140 000 exemplaires, ce qui nous place largement au-dessus de notre seuil de rentabilité.

Ce résultat, dont se satisferaient nombre de nos confrères, est à mes yeux nettement insuffisant. Si notre positionnement bien particulier nous a attiré quelques sympathies, il a aussi détourné de nous des franges importantes de la population, pour qui la notion de falsification est incompatible avec l'idée même de journal. Ainsi, nous aurons beau multiplier les campagnes de publicité, notre diffusion n'augmentera pas. Il faudrait pour croître faire oublier qui nous sommes. Nous nous y refusons.

Pour autant, nous n'abandonnons pas le combat. *L'Actualité* paraissait ce matin pour la dernière fois mais nous reviendrons. Un jour, dans six mois, dans dix ans, nous retenterons le pari, bien décidés cette fois à le gagner. Toutefois, ne comptez par sur nous pour vous avertir. Notre journal – sera-ce un quotidien, un bulletin, un magazine, qui peut le dire ? – ressemblera à n'importe quel autre journal. Peut-être le créerons-nous de toutes pièces, peut-être reprendrons nous un titre existant pour mieux le transformer. Autant de décisions qui appartiennent à mon successeur. Pour des raisons évidentes, je dois me retirer. Mon nom est trop étroitement associé à ce projet, que je laisse à un autre le soin de poursuivre."

Martin Winckler

Près de dix ans après **La Vacation**, *qui explorait déjà le monde par ses couloirs d'hôpitaux,* **La Maladie de Sachs** *– un texte réputé difficile publié en 1998 chez un éditeur exigeant (P.O.L.) – aura apporté à Martin Winckler (né en 1955) un succès aussi mérité qu'inattendu.*

MANIFESTE

A Laurence

Quand on demande à un écrivain ce qui le pousse à écrire, il répond en général de manière un peu automatique une variante des réponses faites au cours de la conversation précédente, elles-mêmes forgées au fil des rencontres. La vérité, c'est qu'on ne sait pas très bien pourquoi on écrit. On sait qu'on écrit, que ça remplit une fonction, mais quant à dire laquelle exactement, c'est périlleux. Et d'ailleurs, il n'y en a pas qu'une. Il arrive aussi que vous écriviez parce que ça vous nourrit, ou parce qu'on attend que vous le fassiez…

Une méthode assez intéressante pour approcher les "mobiles" de l'écriture consiste à regarder dans les vieux textes. Ceux qui n'ont pas été publiés, non parce qu'ils étaient mauvais mais parce qu'ils ont été écrits à une période de "non-publication"…

Je voulais retracer une sorte de cheminement à travers des textes écrits depuis vingt ans et, en fin de compte, je suis tombé sur les trois qui suivent. Ou plutôt, ils se sont imposés à moi. Ils ont valeur de manifeste. Littéraire, d'abord, parce qu'ils disent ce que je cherche au travers de la narration et du rapport à la narration. Psychologique, encore. Je n'avais pas remarqué auparavant (c'est leur juxtaposition qui me le fait voir) qu'une figure importante joue un rôle crucial dans ces trois narrations. On apprend des choses sur soi tous les jours.

Le premier de ces textes est ma toute première nouvelle, écrite dans mon journal à l'époque où j'étais externe dans un service de psychiatrie. Elle a été ronéotée dans le magazine underground auquel je collaborais à la faculté de médecine de Tours à la fin des années soixante-dix. Le deuxième texte est inédit. Le troisième est actuellement publié sur le site Internet de François Bon : http://perso.wanadoo.fr/f.bon/

M. W.

12 JANVIER

Je fais des poupées ; en laine, de toutes les couleurs ; le corps est fait au crochet ou aux aiguilles ; facile, c'est tout droit. Je les bourre de kapok ; bien serrées je les couds, et puis il faut leur mettre des cheveux, une bouche, des yeux, un nez, j'en ai plusieurs, déjà... Au milieu des cheveux – qui sont des franges en laine, nouées au crochet – je mets un cheveu, un cheveu que j'ai trouvé – ou que j'ai pris

ou arraché

... je le fixe à la perruque et je pense très fort à la personne à qui il appartient.

Pour que ça marche, il faut y penser très fort. TRES fort. Longtemps.

Et puis je les pose sur une étagère qu'il y a sur le mur, dans ma chambre. J'en ai beaucoup dans ma chambre, douze ou quinze. Elles n'ont pas toutes un nom (je n'ai pas trouvé assez de cheveux, c'est difficile, j'ai bien réussi à oser en demander un à Jocelyne. Elle me l'a donné sans rien dire, un long cheveu noir qu'elle a détaché, comme si elle cueillait une fleur, sans rien dire, en me regardant – Jocelyne ressemble à maman... Mais les autres je me suis donné plus de mal. J'aurais pu ramasser les cheveux par terre, mais je n'aurais pas su quoi en faire ; comment savoir à qui ils appartiennent ?

Alors j'ai dû me glisser dans les chambres. Ça m'a posé des problèmes : elles m'avaient mise au troisième et la plupart des autres sont au premier. Nicole, par exemple. Elle a de beaux cheveux noirs mais elle ne voudra pas m'en donner un si je le lui demande.

Elle dit que je lui fais peur – pas à moi, mais elle l'a dit à Jocelyne : elle a dit Dominique me fait peur. Alors Jocelyne et Simone m'ont fait monter au troisième.

Elles m'ont dit que déjà on faisait une exception pour moi, alors qu'il valait mieux que je me tienne tranquille – ça, c'est Simone –, et que je serais mieux là-haut et que personne ne viendrait m'embêter – ça, c'est Jocelyne.

Mais je m'ennuie là-haut. Les filles sont… drôles – je veux dire curieuses, d'abord, ce ne sont pas des filles. Il y a surtout des vieilles, qui gigotent, qui crient. Je n'aime pas ça, elles me font peur quand elles crient. Une nuit, Rosa, qui est vieille, VIEILLE, criait comme ça, on l'entendait à l'autre bout du couloir. Joëlle – c'est elle qui s'occupe de nous au troisième, était avec elle, pour l'empêcher de crier ; mais Rosa hurlait quand même

… je me suis approchée du lit, elle se débattait, elle bavait, le lit était défait et elle fermait les yeux fort, si fort – Joëlle ne m'a même pas sentie m'approcher, elle pleurait presque, elle ne m'a pas regardée, elle essayait de lui parler

… j'ai ramassé le coussin par terre, et il y avait des cheveux dessus, des cheveux gris, j'en ai pris un – Joëlle ne m'a pas parlé, elle était trop occupée à parler à Rosa – je ne sais pas pourquoi tout le monde lui parle : elle ne comprend rien. Je lui ai parlé, mais elle ne me comprenait pas ; je lui ai pourtant dit que je lui ferais mal si elle n'arrêtait pas de hurler, mais elle ne comprend rien

… j'ai fait une poupée pour Rosa, l'autre jour, et j'y ai mis le cheveu.

… je l'ai posée sur l'étagère.

La nuit d'après, lorsqu'elle s'est mise à crier (elle crie presque toutes les nuits), j'ai pris la poupée et j'ai mis ma main sur sa bouche – je l'ai découpée dans de la feutrine rouge avec les grands ciseaux de Nicole, elle a toujours peur quand je lui demande ses ciseaux, Nicole est très peureuse –, quand j'ai mis mon pouce dessus, Rosa a cessé de crier. J'ai enlevé mon pouce : elle a hurlé encore plus fort qu'avant. Alors j'ai pris la poupée et je l'ai mise sous mon oreiller et je me suis assise dessus.

Après ça, Rosa n'a plus hurlé. Je suis restée assise sur l'oreiller parce que j'avais peur qu'elle recommence.

Le lendemain, Rosa n'était plus là ; des hommes sont venus la chercher sur un grand lit roulant, ils l'ont mise dessus et l'ont enveloppée dans un drap ; elle ne bougeait pas et ne hurlait pas

… je les ai regardés faire de ma chambre ; je n'aime pas les hommes ; ils me regardent toujours d'une drôle de façon ; des fois ils se forcent à rire, mais je sais qu'ils ne SAVENT PAS se moquer de moi… Joëlle pleurait, on lui disait que ça n'était pas de sa faute. Je n'ai pas compris pourquoi et la faute de quoi c'était

… je suis redescendue au premier et j'ai marché dans le couloir en long et en large. Il y avait Isabelle, elle était assise dans le bureau elle est gentille, Isabelle.

Quand je veux lui demander quelque chose, ou que je veux lui parler, je passe devant le bureau, dans le couloir, et je sais qu'elle me voit et elle me dit souvent d'entrer et elle m'écoute toujours, elle dit qu'elle a le temps, elle est là toute la journée, alors que Jocelyne me dit qu'il y en a d'autres que moi et qu'elle ne peut pas être avec moi toute la journée... Je ne comprends pas pourquoi elle dit ça

... je suis entrée dans le bureau, et j'ai demandé des cheveux à Isabelle. Elle a ri et m'en a donné, je les ai mis sur une poupée qui a des cheveux jaunes comme elle, et le soir je la prenais, et je la berçais, et je lui chantais les chansons que maman me chantait, et je m'endormais avec elle

... l'autre jour, Isabelle m'a vue dans le couloir et m'a souri et son sourire était drôle. Je me suis approchée et elle a dit j'ai rêvé de toi Dominique, je crois que j'ai rougi, j'ai cru qu'elle se moquait de moi, mais elle me regardait et ne disait rien d'autre, alors je suis retournée au troisième...

Elle est petite, ma chambre, il n'y a qu'un lit et une table. C'est la seule petite comme ça. Autrement, les filles – les VIEILLES – dorment à deux, mais moi on m'a mise seule parce que Jocelyne me l'a dit, on ne pouvait pas me mettre avec une autre ça n'était pas possible

... ça ne me fait rien d'habiter toute seule, j'aime bien ça et puis je ne veux pas qu'on vienne avec mes poupées.

... Simone a voulu me les prendre en disant que je pouvais pas les garder pour moi toute seule, mais je lui ai dit NON NON NON tu ne les prendras pas et elle a eu peur parce que j'ai levé le bras comme pour la frapper, mais j'avais si peur qu'elle me les prenne et je me suis mise à pleurer...

Isabelle est venue au troisième et elle m'a dit que j'avais fait peur à Simone, et que je n'avais pas de raison de lui en vouloir comme ça et elle m'a regardée d'un air dur et je me suis levée sans rien dire et je suis allée vers elle et j'ai levé les bras pour la toucher, j'avais vraiment très envie de la toucher mais elle me regardait, elle ressemblait à maman qui est si douce à toucher quand elle me prenait dans ses bras pour me bercer… Mais Isabelle me regardait et elle m'a dit ça ne sert à rien de te mettre dans des états pareils, tu ne me fais pas peur alors que c'est moi qui avais peur d'elle et je n'osais pas la toucher, toucher ses seins, ils sont beaux et ronds et doux, ses seins, je voudrais en avoir comme elle mais je suis plate toute plate et ce n'est pas possible…

… je me suis assise sur le lit et j'ai pleuré et elle m'a dit tu ne vas pas m'attendrir comme ça Dominique et elle est sortie… J'ai pris sa poupée et j'ai touché ses seins mais elle n'en a pas alors, j'ai pleuré encore et je suis restée sur mon lit.

Je me suis endormie…

Quand je me suis réveillée, il faisait noir, j'avais faim

… il n'y avait personne dans le couloir, je suis descendue au réfectoire, mais la porte de la cuisine était fermée il n'y avait plus de poignée… J'ai cherché la poignée sur le dessus de l'armoire – c'est là qu'on la met quand on ne veut pas que quelqu'un la prenne et moi je le sais – mais elle n'y était pas alors je me suis mise à frapper sur la porte et j'ai donné un grand coup de pied et crrrac elle s'est ouverte.

Il y avait du sucre et de la confiture dans le placard et du pain dur et une bouteille de limonade dans le frigo… Simone dit que j'en bois trop et ça la gêne que je fasse des bruits sales après – quand elle me dit ça je me mets à rire, elle me regarde d'un drôle d'air, avec ses yeux tout ronds.

Simone est petite et ronde, comme sa poupée, je l'ai bien réussie elle est plus petite qu'Isabelle et Jocelyne, qui sont petites aussi, petites comme maman,

… maman, je ne l'ai plus vue depuis qu'on m'a mise avec les hommes, elle m'a laissée

… je n'aimais pas être avec les hommes, ils me battaient, ils se moquaient de moi en me disant que j'étais toute plate et riaient, et ils me frappaient dans le dos et je pleurais.

Et puis Jocelyne m'a fait venir ici et ça va beaucoup mieux, mais j'ai pleuré longtemps j'en avais assez, plus qu'assez

… plus que quand maman disait qu'elle ne pouvait plus le supporter

… même quand je lui disais que ça n'est pas ma faute si je ne suis pas comme les autres et elle pleurait en disant ça n'est pas possible et je voulais la consoler je mettais ma tête sur son cœur sur ses seins et je lui disais je suis là maman je t'aime et elle pleurait en disant qu'elle voulait que je sois son grand garçon et je lui répondais je suis ta fille ta petite fille et alors elle hurlait MAIS MOI J'AVAIS ENVIE D'AVOIR UN CŒUR DES SEINS COMME ELLE, CE N'EST PAS MA FAUTE SI JE SUIS PLATE MÊME ISABELLE ME DIT QUE JE DOIS QUE JE DEVRAIS ETRE UN GRAND GARÇON ET C'EST MOI QUI ME METS À HURLER HURLER HURLER

PARCE QUE JE NE VEUX PAS ÊTRE UN GARÇON, JE VEUX AVOIR DES SEINS

RONDS ET DOUX ET CHAUDS

COMME ELLE

(1977)

L'Homme à la fenêtre

... Seulement, quand on croit à la réalité des choses, user d'un moyen artificiel pour se les faire montrer n'équivaut pas tout à fait à se sentir près d'elles.
Marcel Proust

Ils venaient d'emménager dans une tour au bord de la rivière. C'était l'hiver. Daniel venait d'avoir treize ans.

Pour la première fois, il avait une chambre seul. On avait d'abord fait entrer le lit, puis les chaises, le meuble droit dont la porte rabattable lui servait de plan de travail depuis qu'il allait au lycée. Et puis était venu le cortège de valises, de boîtes, de menus objets. Il venait de déposer un carton de livres au pied du meuble lorsque sa mère, debout à la fenêtre encore sans rideaux, l'avait appelé.

– Viens voir...

Il s'était approché ; elle avait posé son bras sur les épaules du garçon, s'était penchée et, du bout de l'index posé sur le carreau à hauteur de leurs yeux, elle avait désigné un immeuble de l'autre côté de la rivière.

Au début, Daniel ne vit rien de particulier. Au bout de quelques secondes, il distingua une fenêtre aux rideaux écartés. A travers la vitre on pouvait apercevoir la silhouette de profil d'un homme assis, peut-être accoudé à une table et penché sur quelque chose.

– Qu'est-ce qu'il fait ?

La mère tourna la tête, le regarda sans répondre. Enfin, elle sourit et soupira :

– Il travaille...

Daniel haussa les épaules, fit volte-face et reprit le transport des cartons de livres entassés au fond de la camionnette de location, via un ascenseur poussif et grinçant. Chaque fois qu'il entrait dans la pièce, il prenait le temps de jeter un coup d'œil en face. Au milieu de l'après-midi, alors que déjà le jour s'estompait, il réalisa que l'homme n'avait pas bougé.

La nuit venue, malgré tous ses efforts, il ne put retrouver la fenêtre parmi les dominos de lueurs.

Le lendemain était un dimanche. Daniel se réveilla tôt dans son nouveau monde. Il restait des cartons à vider. Il avait hâte de retrouver ses livres, ceux qu'il avait toujours près de lui et ceux dont il avait oublié l'existence, ceux qu'il avait déjà dix fois relus et ceux qu'il se promettait de lire le moment venu. Et puis il faudrait tout mettre en place, retrouver un ordre. Il se leva, ouvrit les volets sur la brume qui montait de la rivière. L'air s'éclaircit. Un soleil pâle apparut. Daniel bataillait à mort pour faire tenir une douzaine de livres de poche dans un espace manifestement trop exigu lorsque, reprenant son souffle, il distingua à nouveau l'autre rive. Là-bas, les rideaux étaient ouverts et l'homme était assis à la même place que la veille.

Daniel laissa ses livres sur le lit et s'approcha de la fenêtre, les yeux fixés sur l'homme avec la plus vive curiosité. Il ne le voyait pas très bien à cette distance, mais assez cependant pour deviner que c'était un homme brun, imberbe, portant peut-être de fines lunettes rondes. Il ne semblait faire aucun mouvement. Daniel se demandait comment il pouvait rester assis sans montrer aucun signe de vie. Bien sûr, il ne voyait que le haut du corps de l'homme, penché, peut-être accoudé à une table. Les mouvements de ses mains étaient imperceptibles. Le jeu des pieds, les jambes qui s'allongent ou viennent se replier sous le siège restaient cachés. Tôt ou tard, pensait Daniel, il finira par s'étirer, se gratter la tête, se lever pour ouvrir la fenêtre.

Mais six cartons de livres plus tard, l'homme n'avait pas bougé.

Comme la matinée s'écoulait, les stations de Daniel à la fenêtre se firent plus longues. Il était irrité par la quasi-immobilité de l'homme. Cette inertie faisait monter en lui de la colère et une certaine fascination. Il voulut laisser passer l'heure du repas, rester là pour le surprendre au moment où la faim lui ferait quitter son siège, à l'instant où quelqu'un, une femme sans doute, viendrait le distraire de sa tâche en déposant devant lui un sandwich ou du café.

Mais on était dimanche. Le repas familial ne tolérait pas d'absence et Daniel dut quitter son poste.

A son retour, il lui fut impossible de dire si l'homme avait bougé. Il semblait assis dans la même position qu'auparavant (mais comment savoir lorsqu'on ne peut vérifier ? sa tête était-elle droite tout à l'heure, ou bien inclinée déjà ? la silhouette ne s'était-elle pas tassée ? les fines lunettes rondes, les avait-il sur le nez lorsque Daniel avait abandonné son guet ?) et cela l'irrita plus encore, tant il lui paraissait inhumain que l'on puisse ainsi s'absorber dans l'immobilité. Non, vraiment ce n'était pas possible, ça ne pouvait être qu'une illusion, un effet de la distance et de sa myopie d'adolescent. Il avait affaire à quelqu'un d'exceptionnellement studieux ou concentré : qu'y avait-il d'étonnant à ce qu'un homme assis à travailler restât presque immobile ?

Son irritation le poussa à imaginer cent subterfuges destinés à faire sortir l'homme de son inertie. Il se mit à en dresser la liste : lui téléphoner, crier au feu de son balcon, aller frapper ou faire frapper à sa porte… et jusqu'à l'idée fort peu défendable de tirer sur la vitre avec sa carabine à air comprimé. Mais bientôt la honte le saisit de se découvrir aussi agressif, et il raya tout. Il tenta ensuite, au moyen de savants croquis, de concevoir un procédé qui permettrait, en son absence, de saisir l'homme en mouvement. Un système de minuterie à monter sur son Instamatic… à raison d'une photo tous les quarts d'heure de deux à cinq, oui ça faisait douze poses, ce serait bien le diable si… Mais il renonça en se disant que les pauvres images qu'il en tirerait ne lui apporteraient rien. Ce qu'il désirait n'était pas tant de constater que l'homme se levait ou sortait de la pièce, mais de le surprendre dans son premier mouvement, de le voir clairement passer de l'immobilité à l'action.

Au milieu de l'après-midi, Daniel froissa la feuille à présent couverte de dessins géométriques venus tromper son irritation et masquer ses manœuvres de comploteur. Il rabattit le plan de travail contre la porte du meuble droit, tira la chaise et s'assit dessus à califourchon, les mains sur le dossier, le menton sur les mains, le front contre la vitre.

L'immeuble d'en face ressemblait comme un frère à celui dans lequel sa famille venait d'emménager. La façade qu'il voyait était gris sale. Les fenêtres s'alignaient sur dix étages en trois rangées verticales. Celle qui l'intéressait se trouvait à hauteur du septième, légèrement en contrebas de son regard. Daniel eut un indéfinissable sentiment de malaise.

Pour une raison incompréhensible, la fenêtre de l'homme semblait différente des autres.

Ce n'était pas les rideaux ouverts. Plusieurs autres fenêtres laissaient ainsi apercevoir une armoire, un mobile, des affiches. C'était peut-être la position de l'homme, en apparence presque appuyé contre la fenêtre. Mais de même qu'il avait laissé ses rideaux ouverts, il avait sans doute approché sa table et son siège près des vitres pour profiter de la maigre lumière.

Non, ce qui faisait l'étrangeté de la fenêtre était peut-être plutôt l'absence d'activité visible dans les appartements contigus. A d'autres étages, Daniel avait vu des femmes ouvrir, secouer un torchon ou un balai, battre un tapis, poser une cocotte minute sur le bord et en faire jaillir un jet de vapeur. Au-dessus et au-dessous de l'homme, il y avait eu de la vie, du mouvement, des éclairs de lumière, des ombres sur les vitres, des visages et des silhouettes allant et venant. Tandis que les ouvertures du septième étage restaient muettes, comme si l'homme en était le seul habitant.

De sa place, Daniel ne distinguait pas clairement ce qui se trouvait au-delà de l'homme assis. Y avait-il des livres sur le mur du fond, une porte, un tableau ? Le corps penché faisait rempart.

Il se leva brusquement, sortit dans le couloir, se mit à fouiller des cartons encore pleins, repoussa des boîtes de chaussures, souleva des nappes, des albums de photos, des disques, du linge, jusqu'au moment où il fit tant de bruit que sa mère, elle-même occupée à ranger casseroles et faitouts dans la cuisine, finit par apparaître.

– Que cherches-tu ?

– Rien ! Tu ne sais pas où papa a mis ses jumelles ?

– Ses jumelles ? Pour quoi faire ?

– Pour… (il s'interrompit, leva les yeux)… pour regarder quelque chose.

Elle s'approcha, s'essuya les mains à son tablier.

– Quelque chose, ou quelqu'un ?

Il ne répondit pas. Tandis que, sur la défensive, il se redressait, elle leva la main et passa ses doigts dans les cheveux de son fils.

– Je n'aimerais pas trop qu'on s'introduise chez moi sans mon consentement…

Elle le regarda en souriant puis s'en fut. Daniel jura entre ses dents et regagna sa chambre.

C'était un après-midi sans particularité, un de ces après-midi de dimanche où rien ne se passe, où tout le monde reste somnolent, en semi-hibernation. Les mouvements divers que Daniel avait saisis quelques heures plus tôt s'étaient taris. La façade semblait morte.

Il était assis sans bouger, les yeux fixés depuis un long moment sur la silhouette, lorsqu'il commença à se demander ce qui pouvait ainsi justifier une telle concentration. Il avait bien quelques idées, mais laquelle ressemblait à la réalité ? Il se leva, abaissa le panneau du meuble droit, tira d'un sac en papier un cahier vierge, saisit un stylo et se mit à écrire.

L'homme ne lisait pas, sûrement pas. On ne lit pas sans tourner des pages, sans se redresser à un moment ou à un autre, sans changer de position… sans se lever pour pisser une fois de temps en temps. Daniel le savait bien, qui lisait toujours allongé sur son lit et ne savait pas lire sans bouger, ne serait-ce que pour tourner et d'une seule main faire rejouer cent fois le même microsillon sur le Teppaz blanc sans quitter des yeux les pages, ou simplement pour poser un coussin sous sa tête, le retirer, le remettre, se coucher sur le côté quand les navires flottaient sur de grandes mers calmes et se redresser quand les héros affrontaient un péril. *De toute façon, assis à une table je ne pourrais pas. Je ne sais pas. Je fatiguerais. Ou alors, je me balancerais sur ma chaise, comme quand je révise. Bon, donc il ne lit pas. Il ne révise pas non plus. Il n'a pas l'air si jeune, pas l'air d'un étudiant. Et puis il y aurait plus de désordre que ça sur sa table, là on ne voit presque rien. Il ne dessine pas. Ça bouge, quand on dessine. On se redresse pour remettre en perspective, on lève le dessin, on le regarde à bout de bras. Il ne bricole pas une maquette ou quelque chose de ce genre : il faut au moins se tourner un peu de temps à autre pour saisir une pince ou un tube de colle, fouiller sur la table au milieu des pièces de balsa ou de plastique, regarder par terre ou sous la table pour retrouver la pièce perdue ou le trombone déplié qui sert à percer les trous que la notice mentionne mais que la machine a oubliés, et puis je suis sûr que si c'était le genre de type à maquettes, on les verrait sur une étagère du mur, ou même il en pendrait une ou deux au plafond. J'ai déjà fait tout ça. Pas possible de ne pas bouger. Ou alors il fait un puzzle, un grand puzzle de dix mille pièces, mais c'est pareil : il bougerait, et puis il serait obligé de faire le tour de sa table et puis il faut bien qu'il bouffe ce gars-là, il a bien un travail, quand même ? Il y a quelque chose d'incompréhensible là-dedans, il n'y a rien qu'on puisse faire avec si peu de gestes, des mouvements si ténus. Sauf peut-être ça : écrire. Oui, ça ne demande pas grand-chose : juste les doigts d'une main, il s'appuie sur l'autre, il tourne les pages d'une main aussi, la même, et encore, seulement s'il écrit comme moi sur un cahier, mais s'il n'a que des feuilles blanches, il lui suffit de les faire glisser d'un mouvement de poignet, comme ça… Oui, ça doit être ça, ça ne peut être que ça, il écrit, la main qui tient le stylo glisse sur un si petit espace que, de loin, on ne la voit pas bouger ; l'autre main est posée sur le bord de la feuille et lorsque celle-ci est remplie, il l'écarte du bout des doigts. Il peut écrire pendant des heures, d'ailleurs c'est ce qu'il fait depuis deux jours, il s'est mis devant une ramette entière et il écrit sans arrêt du lever du jour à la tombée de la nuit. C'est un pari qu'il a fait. Ecrire un roman d'un trait en un week-end, ou même en cinquante-trois jours et neuf heures. C'est sûrement un roman, pour l'absorber comme ça. Ou alors c'est qu'il n'a plus le choix, c'est une question de vie ou de mort, il n'a plus d'argent, ce livre c'est sa dernière chance, il doit avoir fini dans quelques jours alors il ne perd plus une minute, il écrit tout le temps. Il écrit le jour : on lui a coupé l'électricité, alors il écrit le jour, et la nuit il se lève de sa table, il fait tout ce qu'on peut faire dans le noir, il mange s'il a encore quelque chose à manger, il se lave, il se change, il frotte l'une de ses trois paires de chaussettes dans une bassine en plastique. S'il n'est pas trop tard, il sort. Il va prendre l'air. Il va au café boire un coup, parler au patron, lire le journal, pour avoir le courage de tenir. Il finit par remonter chez lui. Quand il entre, il laisse la porte ouverte pour profiter de la lumière du couloir. Sur son bureau, il y a un calendrier qui indique l'heure de lever du soleil. Il prend son réveil, la minuterie le replonge dans le noir. Il rallume dans le couloir. Il remonte son réveil, règle la sonnerie, un pied dans l'ombre de l'appartement, un pied dans la lumière, et puis finit par le poser loin du lit, sur le bureau peut-être, pour s'obliger à se lever, pour ne pas risquer d'étouffer la sonnerie avant d'être complètement réveillé... Il se couche tout habillé. Il fait froid. Ce sera moins dur de se lever. Quand le réveil sonne, il fait encore nuit bien sûr. Il va au lavabo, il fait couler de l'eau, et lorsqu'elle est très chaude, il emplit un bol, y verse deux ou trois cuillères de café soluble, rajoute deux ou trois sucres et boit dans l'obscurité. Il se met à la table, il finit le café. Il pose le bol par terre. Il cherche les feuilles, il retrouve le stylo à l'endroit où il l'a laissé la veille, et il attend. Il attend que la lueur soit suffisante pour ne pas écrire en dehors de la feuille, et alors il se remet à écrire, sans même voir les mots. Mais à force d'écrire ainsi, il doit savoir écrire les yeux fermés. Il écrit peut-être depuis si longtemps qu'il ne sait plus faire que ça, et il a trouvé la juste position du corps, des mains, pour écrire pendant des heures sans s'arrêter, sans ressentir ni la faim, ni même la soif, ni la fatigue, ni la douleur dans le bas du dos, ni les fourmis dans les jambes*

Il s'interrompt. Il a mal au cou. Il tourne la tête. La nuit est tombée. Tout à l'heure il a allumé sa lampe de bureau sans même s'en rendre compte. De l'autre côté de la rivière, la fenêtre s'est fondue à la façade. Des silhouettes et des éclairs bleus s'agitent dans des cuisines ou des salons.

Le réveil sonne. Daniel se dit que c'est lundi, qu'il doit se lever pour retourner au lycée. Il s'assoit au bord du lit. Ses vêtements sont posés pêle-mêle sur la chaise. Sur la tablette du meuble droit, le cahier est ouvert et le stylo n'a pas été recapuchonné. Daniel se frotte les yeux. Les volets sont fermés, mais de toute façon à cette heure-ci il ne le verra pas. Il prendra le car avant le lever du jour. Ce soir, le même car le déposera au pied de l'immeuble après la tombée de la nuit. Il enrage. Il se dit qu'il ne fera jour que dans les salles de cours et les couloirs à n'en plus finir, et de là pas moyen de. Enfin, sauf si…

Il veut en avoir le cœur net. Il veut s'assurer que l'homme écrit, comme il pense l'avoir découvert. Et que pourrait-il faire d'autre ? Mais il veut le voir écrire, et pas seulement le deviner ; il veut se prouver qu'il a vu juste, abolir la distance entre eux, le toucher des yeux puisqu'il a su l'imaginer. Au fond, sans se l'avouer clairement, il espère que l'homme finira par l'apercevoir à son tour, qu'il prendra conscience de toute l'attention que Daniel lui porte depuis deux jours, tous les efforts qu'il a faits pour le comprendre. Il pense qu'il le mérite.

– Oui, c'est ça, je le mérite.

Alors, il prend une décision : il va revenir ici à midi. Il lui faudra trente ou quarante minutes à pied, mais il a le temps de faire l'aller et retour. Il ne mangera pas mais il trouvera bien dans le frigo un morceau de fromage et une tomate à grignoter. Il s'habille. Il est heureux.

Il est presque une heure de l'après-midi. Le prof de français ne voulait plus les lâcher. Daniel a couru, il est essoufflé, il a grimpé les sept étages à pied de peur de croiser quelqu'un. Il se dit qu'il est stupide : personne ne le connaît encore dans l'immeuble. En fait, c'est par impatience qu'il n'a pas attendu l'ascenseur.

Il ouvre, s'arrête sur le seuil. Et si sa mère était là ? Mais non, pas à cette heure. Il entre et referme à clé, puis se rue dans sa chambre, se colle à la fenêtre. Oui, oui, il y est encore, il est encore à sa place. Il va en être sûr à présent.

Il ressort dans le couloir. Hier soir, il a vu l'étui des jumelles rangé au sommet d'une armoire. Il tire une chaise, grimpe, attrape la courroie, retourne à la fenêtre. Il est fébrile, maladroit. Les jumelles sont énormes, difficiles à manipuler. Il tente de les maintenir posées contre la fenêtre, écarte le rideau d'une main, s'énerve. Son souffle embue la vitre et les oculaires. Il ne voit plus rien alors il ouvre, il fouille ses poches, en sort un mouchoir, essuie frénétiquement les lentilles et s'appuie sur la balustrade du minuscule balcon. Il scrute. C'est flou. Il manipule les jumelles avec des tâtonnements irrités. Comment règle-t-on cet engin ? Quand un œil y voit clair, l'autre baigne dans le vague. Il ferme un œil, il recommence. Il se trompe, il s'agite et voici les jumelles qui basculent dans le vide. La courroie entortillée autour de son poignet lui arrache presque la main : à l'autre extrémité, les jumelles ont décrit un splendide arc de cercle et rebondissent avec un bruit mat contre le béton de la balustrade. Tremblant, il les hisse jusqu'à lui. Il craint d'avoir brisé une lentille, mais non, elles sont entières. Une encoche sur le fourreau métallique est la seule trace de l'accident. Le cœur battant, Daniel recule dans la chambre, reprend son souffle. Son cou palpite, ses oreilles tintent. Il tire une chaise jusqu'à la fenêtre, s'assoit en équilibre instable sur l'étroit balcon, pose délicatement les jumelles sur la bordure de ciment, les agrippe fermement, cligne des yeux.

Il faut d'abord la retrouver cette fenêtre, où est-elle donc ? Il jette un regard par-dessus l'objectif. Ah, voilà. A travers les champs enfin à peu près nets, il détaille la façade.

– Ça, c'est la petite vieille du sixième, donc en montant juste un peu…

L'instrument tremble entre ses mains. Nouveau coup d'œil au-dessus des optiques. C'est alors qu'il comprend ce qui rend cette fenêtre étrange, maintenant il le voit : elle n'est pas comme les autres alignée sur l'une des trois rangées verticales. Elle est placée entre deux rangées, celle de gauche et celle du milieu, au niveau du septième étage. Ah, c'est sûr, à présent, il écrit ! Sa chambre doit être une chambre de bonne, une pièce borgne pour laquelle on a percé une fenêtre, et voilà pourquoi il est cloîtré là, il vit dans ce cube au fond d'un appartement entre une cuisine et une salle de bains !…

L'excitation de Daniel est à son comble, il sait que l'heure tourne, il ne peut plus rester là longtemps. Il plonge à nouveau sur les jumelles. La vieille dame est en train de refermer sa fenêtre. Il la dépasse, remonte, le voici au septième. Un peu à gauche…

L'image tremble un peu. Ou bien ce sont ses mains. Il voit la fenêtre. Il ne voit plus que ça.

Les rideaux sont d'un marron sale. Les vitres ne portent aucun reflet, malgré le soleil. L'homme est assis à sa place. Oui, il doit écrire puisque dans sa seule main visible il tient un objet long et fin, qui pourrait être un porte-plume ou un crayon. Il est accoudé à quelque chose qui ressemble à un secrétaire surmonté de petits tiroirs, et sur le sommet duquel est posée la silhouette d'une lampe.

Devant l'homme, on ne voit ni feuille ni cahier. Au-delà de son profil, il n'y a ni porte, ni mur, ni rien. Il n'y a pas de pièce secrète. La fenêtre, les rideaux, le bureau, la lampe, l'homme au visage indéfinissable vêtu d'une chemise blanche, tout est là sur le mur, peint entre deux fenêtres du septième étage.

Il pleura pendant tout le chemin du retour.

Longtemps, il évitera de regarder l'autre rive. Il se mettra à sa table pour lire et étudier et ne s'approchera de la fenêtre que pour fermer les volets, une fois la nuit tombée.

Plus tard, il a quatorze ou quinze ans, il s'invente des histoires ou se met à récrire celles qu'il a lues. Puis il tombe amoureux et consigne ses émois et ses chagrins sur des cahiers qu'il cache dans le meuble droit.

Et bien plus tard encore, il est assis là, un dimanche après-midi et il écrit depuis longtemps quand, sous l'effet de la fatigue ou de la lassitude ou peut-être simplement pour reprendre son souffle, il se redresse, s'étire, tourne la tête et porte ses regards vers la fenêtre.

Le temps est clair. On distingue nettement l'autre rive. Derrière la fenêtre aux rideaux ouverts, un homme vient de poser sa plume et le regarde.

(1990)

L'Oreille au mur

Bon, moi je sais pas, mais si j'étais à sa place, je me laisserais pas faire. Quand on la voit, on dirait pas. On dirait rien, sauf qu'elle a l'air vraiment triste, elle met tout le temps du noir, elle est maigre comme un clou, elle parle tout bas, elle dit à peine bonjour, j'ai beau prendre l'ascenseur une ou deux fois par jour avec elle depuis des années, elle n'en décoince pas une, et des fois elle a les yeux rouges. Mais faut dire qu'elle n'arrête pas de pleurer la nuit, je l'entends parce que sa chambre est juste à côté, les appartements sont construits pareil, et forcément elle a la chambre du bout, comme moi, et quand je colle l'oreille au mur, j'entends presque tout. Je l'entends pleurer, c'est abominable, parce que pendant longtemps je me suis demandé pourquoi elle pleurait comme ça, j'entendais des coups sourds au milieu de la nuit, ça me réveillait et je me demandais ce que c'était, mais je me rendormais. Ça arrivait presque toutes les nuits, et puis ça s'est calmé. Et un jour, ça a recommencé, sauf qu'il y a eu des cris, enfin un cri, elle a crié "J'en ai marre" et puis ça s'est arrêté, mais le son de sa voix, ça m'a glacée, tu vois. Là, j'ai collé mon oreille au mur et j'aurais mieux fait de m'abstenir, parce que bon, c'était pas vraiment beau à entendre.

Je la vois jamais avec ses parents, je ne sais même pas quelle tête ils ont, je ne suis pas tout le temps là à surveiller qui entre et qui sort, je ne sais même pas si elle a des frères ou des sœurs, j'espère que non, parce que si on leur fait la même chose… mais d'un autre côté, si elle n'en a pas, ça ne doit pas être marrant tous les jours… Non, j'ai rien dit à personne, là tu vois je t'en parle, mais c'est parce que tu ne la connais pas et que tu ne la verras jamais, mais je crois pas que je pourrais aller raconter ça... à qui, d'abord ? Elle, elle n'en a jamais parlé, sûrement, elle a plutôt envie qu'on lui fiche la paix, je suis sûre... Ce que j'en dis, c'est qu'un jour, dans l'ascenseur, j'ai vu qu'en plus elle avait une lèvre gonflée, comme si on l'avait mordue, ou elle s'était peut-être fait ça toute seule, je ne sais pas, mais je lui ai dit "Ça va ?", enfin un truc banal, une connerie, et elle m'a regardée de travers, genre "Je t'ai rien demandé."

Ça fait des années que ça dure, je sais pas combien de temps ça va durer encore. Moi, c'est sûr, je me laisserais pas faire si j'étais à sa place, je comprends pas qu'elle dise rien, qu'elle supporte ça presque toutes les nuits, remarque, j'imagine que ça se termine plus vite quand on se laisse faire, mais quand même. Je me demande parfois si je suis la seule à m'être rendu compte de ça. J'en ai pas parlé à mes parents, de toute manière ils ne me croient jamais quand je leur parle de mes copines de classe, alors dire que la fille d'à côté, sa mère... Tu imagines ? Et puis je connais la mienne, tout le quartier serait au courant en moins de deux et du coup y'aurait des bruits, elle le sentirait passer dès la nuit suivante, et moi, non, je ne veux pas entendre ça. D'ailleurs, maintenant, j'ai mis mon lit contre l'autre mur, ça bloque la fenêtre et ma mère râle pour passer l'aspirateur, mais pour moi, c'est plus supportable.

(1997)

TABLE

Cet ouvrage a été réalisé par la
SOCIETE NOUVELLE FIRMIN-DIDOT
Mesnil-sur-l'Estrée
pour le compte des Editions Grasset
en mars 1999

Imprimé en France
Dépôt légal : mars 1999
N° d'édition : 11085 – N° d'impression : 46109
ISBN : 2-246-58311-X